영영 영도

04

✦

**방방
곡꼭**
부산
영도

영영 영도

영도 글쓰기 프로젝트 44인

ㄴㄴ 〉 〈ㄷㄴ

차례

3부 마음이 가난하면 바다가 보고 싶다

4부 종종 생각나고, 총총 돌아오고 싶은

"그대는 아무렇지 않지만,
내가 빛이라면 당신도 빛이어서
나와 당신이 우리로 만난다면
이 둘레는 환해질 테지.
램프처럼,
파도처럼."

―김민정(시인·출판사 난다 대표)

이 아름다운 '막막'을 어찌 외면할 수 있었을까요
—기획의 말

김민정

2024년 여름, 부산 영도 흰여울길의 서점 씨씨윗북으로부터 연락을 받았습니다. 영도구청의 후원으로 준비한 파일럿 프로그램이 있는데 난다와 꼭 함께하고 싶다는 게 요지였습니다. 그 이름 '원 라이트 영도'라 했습니다. "소멸 위기 지역인 영도를 찾아주시는 한 분 한 분이 한줄기 빛이라는 의미에서 지은 슬로건"이라는 거룩한 설명보다 사라지고 없어질 적의 '소멸'이라는 명사에 마음이 왈칵 쏟아져버린 저였습니다. 영도문화도시센터 지원으로 협력 호텔인 '시타딘커넥트 하리 부산'에 파격적인 금액으로 투숙할 수 있다는 기분 좋은 혜택보다 서로 더불어 같이 그러자 할 적의 '함께'라는 부사에 손을 덥석 내밀어버린 저였습니다.

가본 적도 없이 아는 바도 없이 냉큼 하겠다는 약속

부터 내비친 게 혹 무모함에서 오는 자만심이 아니었을까 애써 두려움을 감춘 호주머니가 제게 있었건만 바다, 그러니까 영도 바다를 서점 삼층에서 내려다보는 그 순간 알아버렸습니다. 바다는 그 말만으로도 인간에게 무용한 용기를 줌에 틀림이 없음을 말입니다. 바다, 이 아름다운 '막막'을 우리는 어찌 외면할 수 있을까요. 여기 아닌 다른 데 가서 울 생각을 저는 딱히 해보고 자라지 않았던 것 같습니다만, 바다는 변하지 않고 바다는 변모를 모르는 천성이기에 바다를 붙잡고 바다와 눈을 맞추는 데서 저는 희망의 눈동자가 있다면 그걸 굴릴 수 있다는 의지로 가을을 준비하기에 좀 바빴다는 뒤늦은 전언입니다.

그해 9월에서 10월 사이 우리는 씨씨윗북에서 여섯 번 만났습니다. 다리로 놓은 것은 '방방곡쯕 영도 글쓰기 프로젝트'라는 출렁거림이었고, 그 사이로 전국 방방곡곡에서 많은 분이 걸어와주셨습니다. 저를 포함하여 오은·박준·안희연·신용목·박연준(강연 회차순) 총 여섯 명의 시인이 여섯 번에 걸쳐 글쓰기 강연을 하였고, 이 프로그램에 참여하신 분들 가운데 1박 2일 동안 영도에 머물면서 "영도를 찾아 방방 뛰고 곡곡 걸으며 꼭꼭 눌러" 영도 이야기를 써주실 분을 모셨습니다. 이 책 한 권에 마흔네 사람이 저자로 참여하게 된긴긴 연유라면 바로 이러한 사연으로부터 비롯합니다.

장르는 자유롭게 분량은 적당하게. 기한은 있었으나 마감 시한은 계속 늘었습니다. 글쓰기의 더딤이 완성하기의 더딤으로 이어질 수 있음을 저 역시 모르지 않은 까닭이었습니다. 출발선에 나란히 섰던 마흔네 사람이 결승선에 정연히 들어설 수 있도록 한 사람 한 사람을 기다렸습니다. 기다리는 것조차 잊은 사람처럼 기다림을 기다렸습니다. 저마다의 영도를 말하기 위해서는 저마다 영도를 건너갔다 건너와야 하는 것이기에 건너는 그 마음이 곧 건네는 사랑이기에 받들 준비로 가끔 다른 물가에 가 딴청을 피우며 오래 앉아 있곤 했습니다. 다만 처음에 먹었던 다짐이 오늘 흐려지지 않으려면 책이 필요했습니다. 어쩌면 씨씨윗북에서 구입했던 책이 거기 몇 권 섞여 있었을지도 모를 일입니다.

이제야 『영영 영도』로 한데 모인 오늘입니다. 책 제목은 필자로 참여한 박수진 작가의 글 「영영 영도, 끝내 잇다」에서 빌려온 참입니다. 永永. 하필 부산이 고향인 가수 나훈아의 유명한 노래 중에도 〈영영〉이 있다 아입니까. '길이길이, 영도' '영원히 언제까지나, 영도' 맥없이 길게 책 제목을 풀어놓은 데다 〈영영〉의 노래 가사를 얹어봅니다. "잊으라 했는데 잊어달라 했는데 그런데도 아직 난 너를 잊지 못하네 어떻게 잊을까 어찌하면 좋을까 세월 가도 아직 난 너를 못 잊어 하네"

흰여울길의 서점 씨씨읏북은 사라지고 없다는 소식을 전해들었습니다.

2026년 3월, 영도의 바다는 여전히 안녕하다는 안부를 전해받았습니다.

1부

이 섬은 그림자로 가득하지요

강혜숙

삶의 무게를 구름으로 만들어 단비를 내리게 하는 K장녀. 조선시대 맏며느리, 두 딸의 엄마, 아버지를 두려워하는 남자의 아내. 아홉수마다 삶의 변화를 일으켜 인생이 지루하지 않다. 초등학교에서 시간강사로 영어를 가르치며 자기만의 방과 연간 오백 파운드를 준비하고 있다. 인생은 육십부터! 기타 치며 노래 부르고 책 읽고 글쓰는 삶을 꿈꾼다.『보통의 외출: 잠시 떠나도 괜찮아』를 독립출판으로 세상에 내어놓았다.

영도다리 난간 위에 초승달만 외로이 떴다

우연히 인스타를 열었다가 행사 안내를 마주했다. 허리를 다쳐 침대에 누워 책만 읽을 때였다. 맏며느리가 추석 명절 의무를 지키지 못했을 때의 죄책감은 결혼하고 삼십 년이 넘어도 한결같다. 시아버지와 아래 동서들에게 내 몸을 부려서 할일을 못 한다는 미안함을 수화기 너머로 전했다. 그러던 중 그나마 책이 있어 호사를 누린다는 생각에 독서하다가 고민도 하지 않고 신청했다.

'여기는 가야 돼, 무조건 갈 거야.' 현재의 몸 상태는 아랑곳하지 않고 한 달 뒤면 괜찮을 수 있어!라며. 무려 왕복 여덟 시간 거리를 운전하겠다는 의지를 불태웠다. 남편은 선약이 있었기에 나 홀로 운전하려는 각오였다.

다행히 남편 일정이 취소되어 내 부실한 허리로 운전하지 않아도 되었다. 김창완과 대화하는 한강 작가의 말을 들으며, 자기객관화는 어떻게 하는 것인가 물음에 잠긴 채 영도로 향했다. 여기저기서 들려오는 한강의 노벨문학상 이야기와 함께 영도로 향하는 길은 즐거웠다.

"영도다리 난간 위에 초승달만 외로이 떴다." 내게 다가온 영도, 내가 아는 영도 하면 이 가사가 자연히 떠오른다. 돌아가신 친정아버지는 노래를 잘 부르셨다. 어릴 적 들었던 아빠의 노랫가락을 뇌리 어느 한구석에 보관해놓았나보다. 내 생애 처음 온 영도였다. 고등학교 2학년 때 수학여행으로 태종대를 오기는 왔으나 코피를 심하게 흘리며 아팠다. 잠시 버스에서 내려 단체 사진만 찍고 친구들이 올 때까지 차 안에서 기다린 곳이 영도이다. 그러니 처음이나 마찬가지다.

방방곡꼭 영도 글쓰기 프로젝트는 여섯 차례에 걸쳐서 진행된다. 나는 모든 시인이 다 좋았지만 일정에 맞추어 하루를 택했다. 그 우연은 안희연 시인과 닿았고 영도다리 축제일과 찰떡같이 맞아떨어졌다. '곁이 되는 글쓰기'라는 제목으로 이어진 시간은 시를 쓸 수 있다면 얼마나 행복할까, 소설도 써보면 좋겠다는 생각으로 번졌다.

씨씨윗북 책방은 영도의 흰여울문화마을에 자리잡고 있다. 바다와 바로 맞닿은 마을, 작은 건물들은 말 그대로 손바닥 한 뼘만큼의 공간을 사이에 두고 다닥다닥 붙어 있었다. 그 좁은 계단을 오르고 오르면 삼층을 지나 루프톱에 다다른다. 그 옛날 어느 가정집 옥상으로 쓰였음직한 비좁은 공간으로 보인다. 한국전쟁 당시 피란민들이 부산으로 밀려왔다는 말은 익히 들어 알고 있었다. 그중에서도 이곳 영도에 수많은 피란민이 둥지를 틀었다고 한다. 지금은 멋지게 단장되어 세련된 느낌이 물씬 풍기는 곳이다. 시간을 거슬러올라가니 맞닿는 그날의 고달팠을 삶들이 내 안으로 밀려들었다. 이 공간들, 건물들은 사라지지 말고 남아주기를 바라게 된다. 흰여울마을이 좋았기에.

씨씨윗북 매니저는 이곳 영도에서 나고 자랐다고 한다. 자긍심을 가지고 영도를 소개할 때는 감동이 밀려왔다. 삶의 터전을 지키고 나눌 수 있는 젊은 친구가 있어 고마웠다.

　안희연 시인과의 시간을 뒤로하고 호텔로 향했다. 호텔 바로 앞에는 배들이 정박해 있었다. 오랫동안 앉아만 있었기에 허리가 많이 불편해졌다. 영도 바다가 보이는 호텔에서 잠시 쉬고 씨씨윗북 매니저가 추천한 봉래시장 횟집으로 향했다. 현지인이 추천한 맛집에 가고 싶어서 부탁했는데 역시 성공적이었다. 식사 후 찾은 카페는 환상적 뷰를 자랑했다. 더구나 다음날 오전에 찾아갈 영도다리축제 현장에서 쏘아올린 불꽃놀이를 편하게 앉아 관람할 수 있었다. 부산 바다, 영도 바다는 동해와는 달랐다. 어디서든 도심의 흔적이 물씬 풍겼다. 하늘 높이 치솟은 건물, 그 옆에는 국립한국해양대학교가 있다. 왼쪽을 바라보면 부산항대교와 부산항이 보인다. 내가 사는 곳과 사뭇 다른 도시에서의 하룻밤은, 인생을 살면서 몇 번이고 누려도 좋을 시간임을 깨닫는다.

　저녁에는 산책하다 수달을 만났다. 사실 수달인지 몰랐는데 낚시를 하던 분의 수달이다!라는 외침에 알아차릴 수 있었다. 인근에는 호텔을 찾은 중국인들과

아파트 주민, 낚시를 하는 사람들이 뒤섞여 영도의 밤
바다를 즐긴다.

　영도에서의 이틀째, 영도에서 가장 가보고 싶었던
곳은 태종대였다. 태종대 주차장에 차를 세우고 유람
선으로 태종대를 둘러보길 권한다. 우리는 유람선 대
신 놀이동산에서 만날 법한 다누비열차에 탑승하기로
했다. 제일 먼저 태종대 전망대에 도착하여 망망대해
풍광을 즐겼다. 날씨가 좋아서 대마도까지 바라보였
다. 이 순간 독도가 떠올라 딸과 남편에게 말하니 같은
생각이었다고 답한다. 태종대 다음 정차역은 등대. 등
대로 가는 길에는 해기사들의 동상이 있는 해기사 명
예의 전당이 있다. 나는 전당 옆 벤치에 머물고, 남편
과 딸은 등대까지 갔다. 태종대의 등대는 내부에 들어
가볼 수 있는데 빙빙 돌아 올라가는 원형계단이 매력
적이다.

　태종대에서 바라보던 바다를 뒤로하고 영도다리축
제로 향했다. 영도다리는 국내 유일의 개폐형 다리다.
어릴 적 들었을 때부터 신기하다고 생각했다. 그 다리
를 기념하기 위한 축제가 2024년 32회를 맞았다. 영도

의 상징 절영마가 하늘을 달리는 모습으로 우리를 반겨준다. 씨씨윗북 매니저가 들려준 절영마를 여기서 만나다니, 역시 알고 보니 기쁨 두 배다. 영도에서의 마지막 순간을 함께한 어느 카페에서 영도다리축제 현장, 우리가 머물던 호텔을 바라보며 글을 쓰고 있다. 부산항, 오륙도가 눈에 들어온다. 언젠가는 찾아왔을 영도지만, 이번 '빛난다, 영도' 안희연 시인과의 글쓰기 프로젝트가 아니었으면 만나지 못했을 풍경들에 감사하다. 앞으로도 다시 만나고 싶은 영도를 비롯해 우리나라 방방곡곡을 찾아가, 인사하며 글로 나누어야겠다는 다짐도 해본다. 반가웠다. 영도!

고명재

2020년 조선일보 신춘문예를 통해 등단했다. 시집 『우리가 키스할 때 눈을 감는 건』, 산문집 『너무 보고플 땐 눈이 온다』가 있다.

영도(影島)

　처음 영도에 들어섰을 때 눈에 들어온 것은 섬 곳곳
에 세워진 말 동상이었다 교량에서 흔들리는 말총을
보았고 화단에서 길쭉한 머리를 봤으며 그후 마트 교
회 횟집 중국집 온갖 숨구멍에서 말들이 수시로 뛰쳐
나왔다 말이 너무 빨라서 절영마(絶影馬)라고 했대요
이 섬은 그림자로 가득하지요 엄마가 웃는다 너네 이
모가 검은 말띤데, 말들은 잽싸고 체력도 월등히 좋아
서 옛날에는 섬에서 길렀다 한다 있는 힘껏 달아나도
되돌아오도록 숨을 색색 쉬며 마구간으로 돌아오도록
그렇게 지쳐 잠든 말의 얼굴을 끌어안다가 우리는 누
나를 생각하는 것이다 아버지 봄입니다 화창하지요 명
재야 꽃나무에 꿀이 찬단다 아가야 너도 세상의 단물
만 보아라 태어난 이상 한 번은 꽃피워야겠지요 누나
는 그리 쓰고 머리를 깎았다 승이 등이 되던 순간을 기

억한다 그후로 우린 모란 국화 수국 씀바귀 온갖 꽃이
필 때마다 누나를 입었다 영도에선 무수한 동백을 보
았다 오래전에는 말들의 머리를 스쳤을 꽃잎 늙은 부
모 손을 잡고 섬을 나왔다 깍지 끼듯 해안도로를 달리
고 있는데 바다 한가운데에 육중한 말이 헤엄치고 있
었다 꽃을 물고 건너편으로 가고 있었다

권등대

책과 사람으로부터 도망쳐 책과 사람으로 돌아온 사람. 사서로 일
하다 뛰쳐나와 모든 사람은 저마다의 모습으로 깨져 있다는 신념
아래 1인 출판사를 열었다. 그치지 않는 우울을 타고 느릿느릿 첫
책과 인생을 작업중이며, 읽고 쓰고 움직이는 사람으로 남고 싶다.
에세이 『취향은 슬픔』을 썼고, 여성창작지 『윤슬』, 파도시집선
『빛』, 잡지 『다시부산』 13호 등에 글을 실었다.

부산 토박이지만 영도는 언제 가도 좋다

서울을 이륙해 부산에 착륙한 언니의 다음 행선지는 영도였다. 택시 기사는 미역국이 특히 맛있다는 횟집 이름을 일러주며 덧붙였다. "흰여울마을이 안타까운 건, 놀러는 많이들 오는데 머무르는 사람은 없다는 거예요." 기사가 건넨 영도 오랜 마을의 슬픔을, 그날 밤 언니의 목소리에서 느꼈던 나는 잠시 생각했다. '부산 토박이지만 영도는 언제 가도 좋다'던 나의 오랜 추천의 문장 속에는 사실 다른 의미가 존재했다. "언제 가도." 그러니까 영도는 내게 늘 '저기'였다. 잠깐 갔다 오는 곳. 엉덩이를 뭉개는 '여기'로 삼을 생각은 없는 곳.

어쩌다가 이런 외진 바닷가에 호텔을 지었을까. 영도 동쪽에 위치한 세 개의 마을, 동삼동(東三洞)은 상리,

중리, 하리로 이루어져 있다. 그중 유일하게 항구가 있는 하리의 첫인상은 '환하다, 그리고 좀 스스러울 정도로 조용하다'였다. 널널함을 사랑하는 우리는 하리가 좋으면서도 스스러웠다. 너무 널널하고 깨끗한 바지를 입은 느낌이었다.

하리의 호텔에서 가볍게 걸어 태종대 입구에 도착했다. 다누비열차의 첫번째 정류장인 전망대에서 도보 이 분 거리에 있다는 영도등대를 향해 걸었다. 그러나 아무리 걸어도 등대가 여기 있다며 손짓하는 표지판만 이어질 뿐이었다. 우리의 이만오천 보는 그렇게 시작된 셈이다. 등대로부터.

영도등대는 생각보다 매우 외진 곳에 있어서 구경하고 돌아오니 하행열차가 눈앞에서 출발중이었다. 우리는 산책삼아 걸어가기로 했다. 그래, 다누비열차 왕복 티켓을 끊어놓고선 말이다. 한참 내려가다가 이 사실을 깨닫고 우리는 와르르 웃었다.

걸어내려가는 구석구석에 고양이가 쉬고 있었다. 오십 걸음마다 풀리는 새 신발의 끈을 원망하며 발등

아리도록 끈을 다시 짜맬 때마다, 언니는 말했다. "천천히 매라. 시간 많다." 걸으면서는 한강 작가의 노벨문학상 수상에 대해 이야기했다. 더없이 기뻐하며. 더없이 기뻐하는 일이 먼저인 시간을 누리지 못하는—혹은 않는—어리석은 얼음들의 존재를, 더없이 한탄하며. 한탄의 끄트머리에 태종대 내리막 중턱이 닿았다. 작은 데크 너머 잠시 정박한 황혼의 바다에, 우리는 잠시 하염없는 눈으로만 존재했다.

저녁에는 택시 기사가 추천해준 횟집에서 미역국을 과식했다. 뱃속에서 미역이 부푸는 느낌이었다. 호텔 방에서 가성비 레드 와인을 나눠 마시자 와인이 뱃속 미역을 또다시 불리는 듯해서 호텔 앞 해안산책길을 꽤 오랜 밤 동안 걸어야 했다. 다음날 조식의 '오늘의 국' 코너에는 미역국이 담겨 있었다. 언니는 조용히 뚜껑을 닫았다.

아침에 다시 걸어오른 해안산책길, 우리는 태종대 중턱에서처럼 말을 잃었다. 서늘하게 내리뻗치는 햇살과, 강풍을 만나 햇살을 맑은 은빛으로 번쩍번쩍 되비추는 바다. 각막을 새로 깎은 듯 환한 아침의 하리는 일 년 전쯤 우연히 들른 해안길의 데자뷔였다. 이름 모를 그 해안길에는 주저앉아 우는 내게 손을 건네 일으켜준 사람이 있었다. 그는 나를 가까운 벤치에 앉히곤 잠시 기다리라며 마실 것을 사러 갔다. 나는 그의 다정한 당부를 지키지 못했다. 꿈에서 깨어났기 때문이다. 너무 환해 알아볼 수 없었던 그 얼굴은 누구의 얼굴이었나, 실없이 둘러보았다. 검은 후드티로 몸을 감싼 언니의 검은 뒷모습이 선명했다.

어떤 사람이 물가에 집을 지을까.[1] 이 작은 항구 마을 하리와, 세상의 끝이라고 불린다는 항구 마을 캉탕은[2] 비슷한 것 같아. 물 끝의 소박한 마을이지만, 걸을수록 이야기가 무한히 부풀어오르니까. 물 끝에서 불을 밝히는 등대와 호밀밭 낭떠러지에서 눈을 밝히는 파수꾼[3]도 비슷한 것 같아. 지키기 위해, 막상 당신은 끄트머리에 아찔하게 홀로 서 있잖아. 별 뜻 없이 지은 나의 필명은 이토록 무거운 이름이었을까? 감히 기꺼

1 강신애, 『어떤 사람이 물가에 집을 지을까』, 문학동네, 2020.
2 이승우, 『캉탕』, 현대문학, 2019.
3 제롬 데이비드 샐린저 지음, 정영목 옮김, 『호밀밭의 파수꾼』, 민음사, 2023.

이 견디고 싶어. '지키고 경계하는 사람, 근데 이제 많이 외로운.' 나야 늘 썰물인 섬이니 외로움쯤 별거 아닐 줄 알았는데 생애 첫 밀물을 맞는 요즘, 내가 틀렸음을 깨달아. 사람과 사랑이 밀려오는 요즘, 아마도 생애 처음, 내 삶이 기껍고 경쾌해.

　그리고 딱 그만큼, 불안하고 무거워. 그러니까 언니야, 평생 뚜벅이 하자. 차를 사니 마니 하다가 걸을 때만 볼 수 있는 고양이의 하얀 양말에 무너지자. 그리고 언니야, 자매연을 끊지 않아도 될 만큼의 개인 공간이 보장된 세컨하우스를 하리에 구하자. 가끔 와서 묵고, 우리 입맛대로 집을 야금야금 고쳐보자. 갑자기 불안의 무게에 짓눌리는 어느 날, 바로 하리의 집이 떠오르도록. 그길로 아무 준비 없이 떠나와 오래 머물 수 있는 공간이 되도록. 그때까지 우리는 꿈과 돈과 힘과 지구를 아껴보자. 꿈과 돈과 힘과 지구가 미래의 우리에게 가장자리나마 허락해준다면, 그때는 물가에 살자. 환한 하리에 몸을 뭉개며 게으르게 보고 마시자.

김경민

최근 들어서야 자신의 삶에서 읽고 쓰는 일이 얼마나 소중한 것이
었는지 절감하는 전공자. 그럼에도 글을 바깥에 내놓는 일이 언제
나 부끄럽기만 하다. 지금은 삼재를 정통으로 맞아버린 삶에 치이
느라 미뤄두었던 읽고 쓰기를 막 다시 시작한 참이다. 힘들 때는
가끔 오륙도가 보이는 자리에 작은 카페 겸 위스키 바를 차려놓고
글쓰고 있는 상상을 한다.

여기에는 사람이 살고 있습니다

그림자는 일종의 흔적이다. 그것들은 자신들이 맺히는 대상의 배면에 천착해 고요하게 살아간다. 이 때문에 그림자들이 끊어질 만큼 빠르게 달리는 말들이 살아 절영(絶影)이라는 이름이 붙었다가, 어느 순간 말들이 끊어두고 간 그림자(影)만이 이름으로 남겨진 섬의 모습이 이따금 궁금하기도 했었다.

외지인인 나에게 영도는 몇몇 지표로 가시화되어 있었다. 매우 높은 속도로 카페가 증가하고 있다는 것과 인구 소멸 위기 지역이라는 상반된 지표가 내가 지닌 영도의 표상이었다. 찾아갈 만한 곳은 점차 늘어나고 있지만, 정작 거주인구는 급격하게 줄어든다는 사실이 삶의 어느 시간 동안 머무를 수 있어도 전부를 내 맡길 만한 곳은 아니라는 편견을 불러일으켰다. 그렇게 관광지라는 대상과 인구 소멸이라는 그림자가 결합한 편견으로 영도는 기대할 것 없는 장소가 됐다. 부산에 가는 일이 잦았음에도, 남포동과 자갈치시장을 심심찮게 들르면서도 영도의 이미지는 나 자신의 그림자처럼 쉽게 잊혔다. 때때로 누군가 영도에 관한 이야기를 꺼내도 몇 개의 기표가 영도 전체로 작동하는 것이 고작이었다. 영도대교, 흰여울문화마을, 〈굳세어라 금순아〉, 태종대…… 그것들은 오직 관광지로서의 영도만을 내게 적시하고 있었다.

물론 고백하건대, 나는 이번 영도에서도 그 관광지들의 동선에 충실히 따라 움직였다. 토요일 오후에 흰여울문화마을의 카페와 담벼락들에 기대어 남항대교와 송도 방면으로 사진을 찍었으며, 영도대교가 접혀 올라가기를 기다렸다.

다만 이번 행로는 평소의 관광과 차이가 있었다. 나는 영도에서 처음으로 천천히, 꽤 오랫동안 걸어보았다. 충동적인 결정에 따라 흰여울문화마을에서 출발해 영도대교를 건너 국제시장까지 갈 작정이었다. 사람들로 북적이던 길은 마을에서 몇 분 가지 않아 조용해졌다. 그렇게 벽화 거리를 지나고 남항대교 교각의 그림자를 밟아 걸으면서, 봉래산 중턱을 끼고 선 학교와 아파트들을 지나면서 나는 생활세계로서의 영도를 만날 수 있었다. 뒤에 봉래산을 앞에 바다를 면하고 두서없이 솟은 아파트들을 보면서는 빨래가 도로 습기를 먹진 않을까 싶었다. 태풍도 한번은 산자락에 앉았다 갈테니 창문도 잘 막아야 할 듯했다. 남항대교 아래 낡은 아파트 일층에 딸린 슈퍼마켓과 절영로를 끼고 남항사거리에 이르는 길에 자리한 공업사들은 주말에도 열려 있었다. 나는 남항사거리의 어느 가게에서 일 등을 기대하며 오천 원어치 복권을 샀고, 사거리에서 영도대교로 가는 동안 꽃과 나무 화분을 잔뜩 가져다놓은 프랜차이즈 빙수 가게를 구경하며 신기해했다. 영도대교에 가닿아서는 다리가 접히기를 기다리다, 문득 다리가 들리고 내리는 동안 영도를 오가는 사람들이 불편하리라는 생각에 면구스러워 급하게 남포동으로 건너갔다. 바람이 거세던 다리 위에서는 흰여울마을 골목의 어느 집에서 보았던 '여기에는 사람이 살고 있습니다'라는 문구를 떠올렸다. 영도에 방문한 관광객으로서의 마음이 내가 마주한 현실과 결정적으로 어긋나는 대목이었다.

비일상의 장소에서 그곳이 지닌 일상의 면면을 길어올리는 체험은 항상 생경한 느낌을 준다. 여행, 혹은 관광이라는 형식은 그 장소의 일상성을 감지하고서야 오롯한 비일상의 체험으로 거듭난다. 이는 평소에 잊고 살던 나의 그림자를 문득 타인의 그림자와 대면하고서야 인지하는 순간과 닮아 있다. 외양과 지표에 가려진 어느 장소의 그림자가 그곳의 현실임을 깨달았을 때 느끼는 감각이 내가 알지 못했던 이야기들을 건네주기 때문이다.

물론 그런 감각을 영도에서만 느낄 수 있는 건 아니다. 장소마다 드리운 그림자들을 꾹꾹 밟아가며 그곳에서의 일상을 거꾸로 추적하는 비일상적 체험은 어디서나 가능할 터다. 하지만 영도처럼 고요하게 걸음걸음 옮겨가며 그곳에서의 삶들이 남긴 오랜 흔적을 잔뜩 만날 수 있는 장소는 의외로 많지 않다. 그림자가 자신이 맺힌 대상보다 더 많은 이야기를 품는 순간 우리는 그들로부터 너무나 많은 이야기를 들을 수 있다. 영도는 어느덧 내게 그런 곳이 되었다.

김나리

생사와 숨바꼭질하느라 철이 더디 났다. 정성으로 달인 생을 맛본 지 얼마 되지 않았다. 사랑으로 쓰임을 다하며 살고 싶다. 문학에 생을 빚졌다. 글쓰기로 보답하려 노력하며 살고 있다.

그녀의 꿈치, 그의 꼭지

1

내리막 골목에 들어서자 두어 걸음 앞서 내려가는 보의 뒷모습이 보인다. 그는 한 계단 한 계단 서서히 낮아지고 있었다. 계단 끝은 바다로 이어진다. 두 팔을 벌린 너비의 계단 양옆으로 집이 늘어서 있고 우리는 벽과 벽 사이에서 넘실거리는 파도를 향한다. 바다를 마주하고 공중부양하는 기분이다. 퇴근길에 계단을 내려가다보면 한달음에 달려가 파도를 한아름 안고 싶을 때가 있다. 느닷없는 충동이 일렁여 속이 울렁인다.

보는 집으로 가는 골목을 그대로 지나쳐 내려간다. 그는 더 낮아진다. 등이 낮아지고 어깨가 낮아진다. 내 무릎께 높이에 있던 그의 머리가 내 발아래에 놓인다. 그의 머리, 몸의 가장 높은 자리. 거울이나 누군가의 시선 없이 혼자서는 볼 수 없는 자리에 땅거미가 진다. 그는 계단 끝머리에 자리를 잡고 앉는다. 가로등이 켜지기 직전 어둠에 빨려드는 낮의 경계를 가늠하듯 고개를 숙이고서. 검게 희미해지는 그의 머리꼭지가 가시처럼 설핏 나를 찌른다.

누군가에게 몸을 기댈 때면 머리부터 기운다. 곁을 내어준 이는 두 손으로 머리를 감싸고 가슴으로 머리를 받쳐든다. 두 손과 가슴에 머리를 묻으면 살얼음이었던 눈물이 머리꼭지에서부터 스르르 녹아내린다. 나는 먼발치에서 그의 등을 쓸어내린다. '보, 바다에 기대면 파도가 어루만져줄 거야. 네가 어둠 속에서도 멈추지 않고 흐르길 바라.' 바다는 빛을 잃어도 밤새 어둠을 어른다.

2

은의 잠꼬대에 뺨을 맞은 것처럼 소스라치게 놀라 선잠에서 깬다. 울먹임에 목이 막히고 흐느낌에 숨찬 목소리다. 잠꼬대가 목구멍을 할퀴며 틀어막힌 입술을 겨우 비집고 새어나온다. 그녀는 꿈속에서 달아나고 있는 걸까. 물속에서 꿈을 꾸고 있는 것 같다. 잠이 그녀를 물속으로 끌어내리기라도 한 듯 허우적거린다. 그녀는 꿈이 깨지 않아 물 밖으로 나오지 못하고 있다. 자신을 깨우려 입 밖으로 쏟아져나온 새된 목소리가 거품이 돼 물속으로 사라진다.

미닫이문 손잡이를 힘주어 잡았다. 문밖으로 한 걸음만 내디디면 그녀의 집에 닿을 수 있다. 그녀를 깨우러 갈지 망설이는데 잠꼬대가 사그라든다. 숨죽여 문을 밀어 열고 밖으로 나왔다. 창문 틈새로 비죽이 나온 그녀의 손가락 마디가 보인다. 커튼은 가려둔 채 머리를 내밀 수 있는 너비만큼 창문을 연다. 이제 안심하라고 알려주는 신호 같다. 그런데도 내 귓가에 잠꼬대의 진동이 멈추지 않는다.

나는 그녀가 들을 수 있게 일부러 소리내 문을 닫고 방으로 돌아왔다. 스탠드를 켜고 바다에 면한 창문과 그녀의 집이 마주 보이는 창을 연다. 바닷바람에 내 방의 온기를 실어보낸다. 은의 창문은 내게 그녀의 생존을 알리는 깃발이다. 그녀의 인기척이 골목으로 흐른다. 물에 젖은 깃발이 늘어진다. 그녀는 다시 잠들지 못하고 꿈에 도사리고 있는 검푸른 잔물결이 물러나기를 기다리고 있는지도 모른다.

3

보가 손바닥으로 머리에 남은 물기를 털며 계단 너머 아침 바다를 본다. 눈동자가 파도로 차오른다. 계단 끝에 고인 어젯밤 울음이 윤슬에 흩어져 바다에 잠긴다. 계단을 타고 불어내려오는 바람이 보의 다리를 바다로 끌어당긴다. 파도가 한 계단 밀려오고 한 계단 밀려간다. 머리꼭지가 들뜨고 어지러워 고개를 든다. 보의 시선이 계단을 오르는 은의 발꿈치를 따른다. 그녀의 스니커즈 뒤축이 닳아 있다. 그녀가 외치던 잠꼬대가 발꿈치를 울린다. 살려주세요, 살려주세요! 그의 온몸은 그녀의 창문을 향했다. 저편에서 들려오는 외침은 한밤의 적막보다 막막했다. 그녀의 걸음 뒤로 물에 젖은 발자국이 찍힌다.

보와 은은 죽기 살기에 떠밀려 한 골목에서 만났다. 죽기에 쓰였다가 살기에 쓰였다가, 하루에도 수십 번씩 자신이 아닌 게 몸에 드나들며 살아야지, 살아야지 악다구니 치고 죽어야지, 죽어야지 발악했다. 죽기도 살기도 제 것이 아니었다. 숨소리, 심장 박동이 바다

위 허공을 맴돌았다.

　그녀가 그를 뒤돌아본다. 살랑바람이 그들의 입술
에 미소를 그린다. 골목을 오르내리는 그녀의 꿈치와
그의 꼭지가 구른다. 위아래가 부딪고, 나란히 맞대어
비비다가 깨지고 갈려 부서진다. 모래로 사라지다 모
래에 묻히면서 흐른다. 꿈치와 꼭지가 여울져 바다를
탄다. 파도의 포말이 터져오르면 산란하는 빛방울에
숨이 환해지고, 순간이 순간을 지우며 시간을 녹이는
파도의 체온에 심장이 풀린다. 되돌아갈 길 없는 길 끝
에서 길을 연다.

김보현

성악을 공부하러 이탈리아에 갔고, 이십오 년 정도 머물러 살다가
오 년 전쯤 귀국한 평범한 시민이다.

'깡깡' 두드려 삶이 지어지다

첫 만남은 반짝임이었다. 부산항대교를 타고 부산 역 방향으로 달리고 있던 어느 저녁. 어둠이 가라앉은 바다 넘어 산을 가득 채운 빛들이 바다에 쏟아지고 있었다. "와! 저게 뭐야? 꼬모호수 같다." "저기가 바로 영도야." 꼬모호수는 이탈리아 북쪽 스위스 국경지대에 있는 호수인데, 호수를 두른 구릉지대에는 예쁜 집들이 빼곡히 들어서 있어 세계 유명 인사들의 별장으로 사용되고 있다. 낮에도 아름답지만 야경은 더욱 아름다워 많은 이가 찾는 관광지이다.

이십 년 넘게 이탈리아에서 젊음을 보내고 생소한 땅 부산에 정착한 지 벌써 오 년이다. 유럽 여러 도시의 아름다움을 보아왔지만, 부산은 묘한 매력이 느껴지는 곳이다. 산과 바다와 도시가 참 조화롭게 어우러져 있다. 거기다가 부산역 주변 원도심과 해운대 주변 현대 도심은 확연히 대조를 이루고 있어 이곳저곳 살펴보는 것이 지루하지 않다. 특히 부산의 매력 중 하나는 언덕 위에 지어진 집들이다. 영도에도 그러한 언덕 위 집들이 가득하여 밤이 되면 그 불빛이 바다를 오가는 이들에게 탄성과 기쁨을 주고 있다.

영도는 어릴 적 언젠가 들은 '영도다리'와 '전쟁 피란민'이라는 말이 머릿속에서 혼합되어 뭔가 아련한 아픔이 느껴지는 지명이었다. 사실 언덕 위의 집들 역시 전쟁의 아픔으로 생겨난 집들 아닌가. 그렇지만 내가 눈으로 처음 바라본 영도는 반짝이는 아름다운 곳이었다. 생계를 위해 바다에서 사투하던 이들의 지친 몸과 마음을 쉬게 해줄 집, 빛이 있는 곳. 그들도 그렇게 느꼈기를…… 그렇게 영도를 만난 후 내가 첫발을 디딘 곳은 요즘 명소로 뜨고 있는 흰여울문화마을이다. 이 또한 얼마나 매력적이었는지…… 일단 나는 이마을을 너무 사랑한다. 오 년 전 이탈리아를 떠나오기 전 다녔던 마지막 여행중 제노바 근방 어촌 마을인 '네르비'에 간 적이 있다. 그곳은 특이한 바위들이 있는 해안 절벽을 따라 길게 둘레길이 있어 바다 풍경을 보며 걷고 식사도 하고 수영도 할 수 있는 멋진 곳이었다. 그 당시 엄청난 감탄사를 연발했었는데, 아니 여기 영도에도 그런 장소가 있다니……

첫 방문 때는 교회 주차장에 차를 세워두고 그 옆길로 다소 가파른 계단을 타고 내려갔다. 모양이 일정치 않은 계단과 아래로 내려가는 울퉁불퉁한 길도 심상치 않았지만 흰여울길에 내려섰을 때는 나도 모르게 와! 탄성을 내뱉었다. 사람의 손으로 꾸며놓았지만 인위적이지 않은 오래됨을 간직한 그 길에는 어린 시절 다녔던 좁은 골목 같은 편안함이 있다. 거기에 더해 반짝이는 윤슬이 한없이 펼쳐진 바다, 멀리 보이는 묘박지에 드문드문 그림자같이 정박된 배들, 예술인들의 손길이 닿아 꾸며진 하얀 담벼락, 절벽을 둘러 길게 이어지는 구불구불한 길의 매끄럽지 않은 감각이 있다. 그런데 이런 것들보다 더 내 마음을 끌어당기는 것이 있다. 다닥다닥 붙어 지어진 집들, 낡고 조그만 문, 공동 화장실, 그리고 간간이 보이는 생활 집기들…… 그곳에 살았던 이들의 흔적이다. 오래전 암울했던 시절, 고향에서 머나먼 남쪽 바다 끝까지 내몰려 척박한 섬에서 겨우 삶의 터전을 만들어 살아낸 이들의 흔적. 그래서인지 흰여울마을길은 유럽의 어느 관광지보다 더 마음이 가고 슬픈 아름다움이 느껴진다. 물론 그 길은 밝고 활기차다. 단지 가볍지 않은 그 무엇이 함께한다는 것이다. 더구나 길옆으로는 계단형의 옛집들이 새 옷을 입고 예술인들의 작업실, 책이 있는 카페, 아기자기한 소품들이 판매되는 상점으로 바뀌어 있어 옛것과 새것의 조화가 참으로 예쁘다.

반면, 영도에는 색다른 분위기의 또다른 마음 가는 곳이 있는데, 바로 '깡깡이마을'이다. 흥미로운 이름처럼 재미있는 관광지일 거라 기대감을 가지고 찾아갔었다. 하지만 실상은 지금도 배를 고치는 정비소들이 있는 약간 칙칙한 골목이었고 관광지 느낌은 찾아볼 수 없었다. '깡깡이마을 박물관'도 가보고 작은 배 견학도 했지만, 그곳에서는 배에 붙은 조개나 부식된 페인트를 벗겨내느라 망치로 두드려 떼어내는 소리가 '깡깡' 울려 '깡깡이마을'이 되었다는 것, 몸이 가벼운 여성들이 한 푼이라도 벌겠다고 배에 매달려 작업했다는 이야기 등을 알게 되었을 뿐이다. 그런데 집에 돌아온 후 그곳이 자꾸 떠오르는 건 왜일까? 그곳에서 잠시 지나쳤던 작업자들과 그곳 역사가 겹쳐지며 '삶'이라는 단어가 떠오르는 건 왜일까? 박물관에 전시된 것 중 특이한 물건이 있었는데 바로 유치원 간판과 아이들 책가방이다. 어려웠던 시절이지만 어머니들은 망치를 두드려 자녀를 공부시키며 삶의 미래를 만들어낸 것이다. 영도다리가 올라가는 모습을 바라보고 있으면 어느 순간 다리 위에 누워 있던 갈매기가 하늘로 날아오르는 모습을 볼 수 있다. 지금의 영도다리가 옛 시절 그 다리가 아니어서 억지 같을 수도 있겠지만 자식들의 비상을 원했던 영도인들의 마음이 담긴 것이 아닐까 생각해보았다. 영도인들에게 삶을 지어내기 위한 깡깡이 소리가 있었다. 나의 삶엔 어떤 소리가 있을까? 영도의 묵직한 아름다움이 마음 한편에 잠시 머문다.

김소희

문예창작학과를 졸업했다. 예술 가까이에서 일하며 생계를 이어
가고 있다. 여러 해 동안 문학으로부터 사랑과 타인을 배우는 중
이다.

미워한다 생각했던 마음이 실은 사랑이었다는 걸

몇 해 전 언니와 함께 영도를 찾았다. 대학생이던 우리는 가까우면서도 멀고, 익숙하면서도 낯선 곳으로 떠나고 싶었다. "바다가 있는 곳으로 가자." 즉흥적인 한마디는 우리를 영도로 향하게 했다.

영도는 부산역에서 멀지 않았다. 버스에 올라 얼마 지나지 않았을 때 영도대교가 보였다. 다리를 지나며 언니에게 말했다. "이 다리는 접었다 펼 수 있대." 경사진 동네와 자그마한 시장, 낮은 아파트를 지나며 차는 여러 번 정차했다. 바다에 둘러싸였음에도 그 속은 여느 동네와 다르지 않았다. 가파른 오르막길의 끝자락에 버스가 멈췄을 때 멀리 바다가 보였다. 차를 타고 두 시간은 와야 닿을 수 있는 곳, 파도에 신발이 젖을까 망설이면서도 끝내 걸음을 재촉한 곳. 대구에서 나고 자란 나에게 바다는 그런 곳이었다. 겨울의 날 선 바람을 걱정하며 챙겨 입은 두꺼운 외투가 무색할 만큼 따뜻한 햇살이 어깨로 내려앉았다. 물결처럼 이어진 길을 걸으며 이곳에 있는 모든 집의 마당에는 이렇게나 큰 바다가 있음에 감탄했다. 푸른빛과 함께 눈뜨는 사람의 아침은 어떤 기분일까. 창문을 열면 붉은 십자가가 보이는 곳에 사는 나는 바다와 함께 맞이할 누군가의 아침을 상상했다.

몇 년이 지나 다시 흰여울문화마을을 찾았다. 그사이 새로운 가게가 여럿 생기긴 했지만, 마을은 기억 속모습을 간직하고 있었다. 소음 속에서도 꿋꿋이 발 뻗고 자는 고양이와 진열대를 가득 채운 작은 인형, 가게앞에 놓인 꽃과 화분, 바다 가운데 정박한 배를 가만히바라보다 카메라를 들었다. 사진을 다시 펼쳐보기까지오랜 시간이 걸릴 걸 알면서도 카메라를 놓지 않았다. 언젠가 오늘을 기억하고 싶은 날 카메라를 꺼내들고싶었다.

마을을 둘러보고 숙소가 있는 '하리'로 향했다. '하리'는 부산시 영도구 동삼동에 위치한 곳으로 국립한국해양대학교와 태종대가 가까이 있었다. 짐을 풀며 바라본 오후 네시의 선착장은 평화로웠다. 어둠이 내리기 전에 선착장을 걷고 싶었다.

선착장에는 여러 대의 배가 정박해 있었다. 초등학생으로 보이는 아이들 몇이 나를 지나 뛰어갔다. 바다와 인접한 곳에 사는 이에게 배는 자동차처럼 흔한 것일까? 선착장을 뛰어다니는 아이들에게 바다는 놀이터에 깔린 모래만큼이나 당연하게 펼쳐진 것일까. 그런 생각을 하며 걷다 높게 솟은 아파트를 바라봤다. 눈앞에 이렇게나 푸른 바다가 있는데 등뒤로는 철근과 시멘트로 지어진 아파트가 있다. 아파트를 보니 아빠가 생각났다. 평생을 건설업에 종사해 얼굴이 새카맣게 그을린 아빠가. 여름이면 신이 난 아이처럼 바다로 뛰어들던 아빠가.

정박한 배 아래로 바닷물이 일렁였다. 가만히 있지 못하고 끊임없이 움직이는 게 꼭 내 모습 같았다. 물살이 다가올 때마다 기억이 밀려왔다. 어린 나를 튜브에 태워 바다 깊은 곳으로 데려가던 아빠의 두 손과 그런 우리를 걱정스레 바라보던 엄마의 표정과 너무도 투명해 깨질 것 같던 짜디짠 물이. 물을 무서워하는 나와 달리 아빠는 물을 좋아했다. 신난 아빠는 발이 닿지 않는 곳까지 튜브를 밀었다. 등뒤로 파도가 밀려왔다. 금방이라도 튜브가 뒤집어질 것 같았다. 발끝에 힘을 줘도 닿는 건 없었다. 유영하는 물살만이 온몸을 휘감고 지나갔다. 돌아가고 싶다고 외치는 나를 보며 아빠는 아이처럼 웃었다. 나는 물이 무서운데 아빠는 즐거워했다. 그러다 몇 해 전 세상을 떠난 삼촌이 떠올랐다. 잊은 기억이 수면 위로 떠오르는 건 늘 낯설었다.

가장 가까운 고독사였다. 삼촌은 방에서 혼자 죽었고 옆에는 마지막으로 먹던 음식이 놓여 있었다. 삼촌이 죽고 꿈을 꿨다. 꿈에서 나는 벗은 몸의 남자와 함께 욕실에서 뜨거운 물을 맞았다. 잔뜩 김이 서려 모든 게 흐렸지만, 벗은 몸의 남자가 삼촌이라는 걸 알 수 있었다. 나는 그의 가슴에 기대 마주한 우리의 두 발을 바라봤다. 그러다 허공이 되어 젖은 두 사람을 지켜봤다. 잠에서 깼을 때 가장 먼저 실감한 건 없음이었다. 조용한 꿈보다 더 조용한 아침. 있었으나 이제는 없는 것. 그렇기에 다시 있어야만 하는 것. 그리고 깨달았다. 삼촌과 내 사랑의 깊이가 달랐다는 걸. 삼촌의 죽

음에 작별 인사하지 않았다는 걸. 외로웠다. 몸이 무거
웠다. 미안했다. 삼촌의 사랑에 대한 애도가 필요했다.
홀로 죽음을 맞이한 삼촌은 나무가 아닌 물 아래 묻히
고 싶었던 걸까. 한곳에 뿌리내린 나무 대신 이곳저곳
을 유영하는 물이 되고 싶었던 걸까. 그리운 목소리로
전화하던 삼촌은 이제 없다. 명절 때면 누구보다 먼저
안부를 묻던 삼촌도 없다. 뜨거운 불 앞에서 요리하던
그는 재가 되어 내 꿈에 찾아온다. 삼촌 꿈을 꾼 날이
면 온몸이 물에 젖은 것처럼 축축했다. 이불의 무게를
견딜 수 없어 몸부림치며 잠에서 깼다.

　시골에 가면 열매가 자라지 않는 땅이 있다. 아무리
거름을 주고 물과 햇살을 충분히 받아도 끝내 열매를
수확할 수 없는 땅이, 생명이 뿌리내리지 못하는 땅이.
아빠는 그 땅을 '죽은 땅'이라고 불렀다. 아빠의 말을
듣는데 어쩐지 내가 그 죽은 땅인 것만 같아 속이 메스
꺼웠다. 나를 사랑하지 않고 바깥만을 맴돌던 시간이
떠올랐다. 나고 자란 곳을 떠나며 내게서 멀어지기를
바랐다. 집을 떠나며 사랑하는 나의 두 고양이 달래와
등어의 얼굴을 어루만졌다. 돌아오겠다고 말하며 나를
두고 멀어졌다. 밤이면 두고 온 얼굴이 떠올랐다. 내가

미워한 나와 동그랗고 보드라운 두 고양이가 머릿속을 맴돌았다. 그럴 때면 온갖 신에게 기도했다. 하지만 떠남은 돌아옴을 전제로 했다. 양면이 달라도 끝내 한몸인 동전처럼 떠남과 돌아옴 역시 그러했다. 나는 자주 떠나온 곳을 찾았고, 그때마다 깨닫지 못한 사랑을 발견했다. 미워한다 생각했던 마음이 실은 사랑이었다는 걸 뒤늦게 알아챘다.

파도가 드러난 얼굴이라면 그 아래 쌓인 흙은 감춘 마음 같은 거라고. 파도를 가만두지 않는 건 쌓이다못해 흘러넘치는 마음이라고. 선착장에 앉아 맡는 바다의 냄새는 비렸다. 동시에 짜고 물컹했다. 충분히 견딜 수 있는 냄새였다. 거뜬히 받아들이고 싶은 마음이었다. 눈을 감고 숨을 들이마셨다. 이끼가 자아내는 미끄러움이, 눈물 냄새 같은 비릿함이 몸 깊숙이 스며들었다. 문득 물 밑을 걷고 싶었다. 오래도록.

옅은 아침 빛에 눈을 떴다. 커튼 너머로 잔잔하게 파도치는 바다가 보였다. 안경도 쓰지 않은 채 창문에 얼굴을 가져다 댔다. 낮게 뜬 구름과 수평선 사이로 떠오른 해의 상앗빛이 보였다. 구름을 사이에 두고 번지는 빛의 경계가 지워질 때까지 눈을 떼지 않았다.

영도를 걸으며 이곳을 사랑하고, 이곳을 터전으로 살아가는 다정한 마음을 보았다. 끝없이 이는 파도로부터 끝내 숨기지 못할 마음과 마주했다. 영도에는 그림자를 끊어낼 만큼 빠른 속도로 뛰던 말이 있었다. 초지였던 땅을 가득 채운 사람들이 있었다. 그들이 떠난 자리에 선착장을 뛰어다니는 아이들과 바다를 집 삼아 정박한 배, 오밀조밀 모인 마을이 있다. 끝내 소멸하지 않고 피어나는 사랑이 영도에는 있다. 기억을 끌어안은 그 사랑은 나를 경험하지 않은 순간으로 데려간다.

김영경

2019년 『문예바다』에 시로, 2020년 한국일보 신춘문예에 동시로 등단하였다. 블랙 동시 선집 『나의 작은 거인에게』(공저), 『얼치기완두 길 잃기』가 있다. 섬 안의 섬 우도에서 해녀가 될 기회를 호시탐탐 엿보는 중이다.

아버지를 몰랐다

부산이 싫었다. 여기가 아니라면 어디로든 떠나고 싶은 먼 곳 중독자였던 때가 있었다. 여행은 혼자일 때 세포가 하나씩 살아난다. 부산역에 내려선다. 오랜만이라 낯설다. 필통을 두고 내렸다. 평범한 필통이지만 익숙한 것이라 유실물센터를 찾아보기로 한다. 잃어버렸다 다시 찾은 것에는 더 마음이 간다.

버스를 타고 영도 흰여울문화마을을 찾아간다. 남포동을 지나 다리 건너 섬으로 들어간다. 남항시장을 거쳐 버스가 비탈을 내달린다. 이송도삼거리에서 내린다. 어느 방향으로 가야 씨씨윗북이 나오는지 두리번거린다. 삼 분 거리에 있다는 목적지를 찾아 헤맨다. 이유가 있겠지. '빛난다, 영도' 프로그램에 반응하고 신청한 데는 이유가 있겠지. 왜 읽고 쓰는 일에서 벗어

나지 못하고 헤매고 있는지, 내가 모르는 이유가 있겠
지. 마을 언덕에서 내려다보이는 바다가 유난히 반짝
인다. 좁은 길을 차들이 달리고, 골목마다 카페가 생겨
나고, 계단을 따라 체험 공간이 열리고 볼거리가 내걸
린다.

문득 걷다 고개를 들면 어김없이 펼쳐지는 바다, 가
보지 못한 산토리니를 흰여울에서 만난다.

바닷가 근처 '흰여울점방' 간판 앞에 멈춰 선다. 점
방이라는 말에 끌린다. 어릴 적 우리 가족은 부산으로
이사 와 해맞이역 언덕에서 점방을 했었다. 삼남매 공
부를 위해 논밭을 팔고 부산으로 내려온 아버지가 할
수 있는 일은 많지 않았다. 연립주택 작은 점방을 얻어
쌀도 팔고 과자도 팔고 부식도 팔고 연탄을 날랐다. 가
파른 언덕을 오르내리는 아버지의 손수레를 타고 자랐
다. 수레를 밀고 다닌 적도 있지만, 도망 다닐 때가 더
많았다. 아버지의 억척스러운 까만 얼굴이 버거웠다.
집이 쏟아질 듯한 급경사를 오르내리면 장딴지가 장난
아니게 된다. 언덕배기를 하루에도 몇 번씩 오르내리
며 얻게 된 장딴지를 숨기기 바빴다.

아버지에게 물려받은 단단한 콤플렉스덩어리, 돌아온 탕아처럼, 지병을 막아서는 척후병이 된다.

물가에 기대앉은 흰여울점방으로 들어간다. 예닐곱 명만 들어서도 꽉 찰 것 같은, 라면, 토스트, 커피로 간단한 요기를 할 수 있는 곳이다. 가파른 계단에 올라서니 물빛이 쏟아진다. 눈앞에 펼쳐지는 반짝거림에 눈이 부시다. 낡고 협소한 골방으로 1990년대의 스무 살이 막 들어선다. 창문이 덜컹거리고 선풍기가 달달거린다. 구석에는 오래된 시간이 짐처럼 쌓여 있다. 나보다 젊은 엄마가 라면을 끓여 내온다. 윤슬이 눈가로 매달리는 곳, 물썹 한 자락을 두르고 내려온다.

썹에서는 출렁출렁
물결이 인다

속눈썹에 그림자가 글썽거리고
옷썹에선 주름이 일렁거리고
물썹에는 파도가 출렁거린다

가장자리, 근처를 말하는
잎의 제주방언이기도 한 썹,

낭썹에 햇살이 반짝거리면

산자락에도 사람이 살고
물자락에도 사람이 살고

—김영경, 「물썹」 부분

   깡깡이예술마을을 찾아간다. 벼랑 끝까지 밀린 사
람들의 척박한 삶의 터전이 문화마을로 거듭나 발길
을 끌고 있다. 골목을 돌다 툭, 툭 놓여 있는 묵직한
쇳덩이에 눈길이 간다. 깡깡이마을 사람들 일터였을
HJ조선소 근처를 찾아가본다. 북적거리는 카페 앞바
다에 수리중인 대형 선박이 즐비하다. 낡고 무겁고 녹
슨 것들의 향연. 한때 뱃고동을 울리며 난바다를 항해
했을 선박들이 줄지어 앉아 있다. 엿가락처럼 휘어진
쇳덩어리 사이, 바다에서 끌어올려진 녹슨 닻처럼 아
버지가 앉아 있다. 억척스러운 가장자리를 끝내고 섬
처럼 웅크린 아버지는 영도를 닮았다. 치열한 무력이

닿았다.

영도를 몰랐다. 아버지를 몰랐다. 너무 가까워서 끔찍이 싫었던 것들. 나로부터 멀리 도망치고 싶었던 발버둥의 시간.

섬을 떠나기 전 흰여울언덕 느린 우체통에 엽서를 넣는다. 일 년 뒤 엽서를 받아든 나는, 아버지는 어떤 모습을 하고 있을까. 영도는 또 어떤 얼굴을 하고 있을까. 썹이라는 말을 곱씹어본다. 눈썹, 옷썹, 물썹……무엇의 가장자리, 근처. 우리는 또 누군가의 가장자리, 그림자에 기대 살아가겠지. 누군가의 곁에서 각자의 속도로 낡아가겠지. 촉촉한 눈가로.

영도의 물썹이 출렁거린다.

김예은

모퉁이에 초점을 맞추는 고장난 카메라. 냉탕 속의 몽상가. 치열하지 않은 이야기를 치열하게 써내려간다. 꿈의 연봉을 말하는 또래들 틈에 껴 소설가의 가치를 숫자로 환산하면 얼마나 될까 생각한다.

어디로 가든 다 이어져

부산역에서도 삼십 분을 더 달렸다. 무작정 퇴사해 버리고, 무턱대고 떠나온 곳이었다. 가진 거라고는 퇴직금 육백과 다시는 돌아가지 않을 것처럼 눌러 채웠으면서도, 영원히 떠나왔다기에는 터무니없는 부피의 배낭 하나가 전부였다. 퇴직금 지급은 월말로 예정되어 있으니 아직 가졌다고 할 수는 없겠다. 하기야, 그보다는 다음달 상환일에 맞추어 나갈 대출금과 약간의 적금이야말로 완벽한 내 명의의 소유일지도 모르겠지만 말이다.

왜 하필 영도냐 하면 단지 전날 보았던 여행 브이로그에 등장한 장소가 흰여울마을이었던 탓일 테다. 다닥다닥 붙어 있는 상가들이 꼭 어깨동무라도 하고 있는 것처럼 보였다. 사직서를 제출한 날, 부산으로 가는 차편을 끊었다. 귀가하자마자 옷장 구석에서 꺼낸 배낭을 채웠다. 상의, 하의 두 벌을 챙겨넣었다가 두 벌을 더 구겨넣었다. 언제 돌아올지 모른다는 생각에서였는데, 현관을 닫으면서는 돌아온다는 것에 대해 고민했다. 어차피 월세 납부일을 이틀 이상 기다려주지 않을 곳이다. 돌아오는 것은 기한과 납부일밖에 없다. 나는 쫓기듯 계단을 뛰어내려갔다.

버스에서 내린 사람들이 일제히 앞으로 걸어갔다. 그들의 뒷모습을 잠시 바라보다 아래로 향했다. 낮고 빼곡한 건물들 사이로 보이는 소금기를 조금 더 꼼꼼히 담고 싶었다. 해안을 따라 이어진 산책로를 가로질러 해변까지 내려가자 끈적한 바람이 뺨을 문질렀다.

"서울 처자?"

물속에서 불쑥 솟아오른 검고 둥근 것들을 바라보다 옆에서 들려오는 음성에 고개를 돌렸다. 까맣고, 매끈한 것을 머리부터 발끝까지 끼워 입은 해녀가 내 옆으로 어망을 툭 던져놓았다. 저 우에 처자들 볼 것도 많을 긴데, 만다꼬 이까지 내려와 있노. 주름 사이에

낀 바다는 그녀가 웃을 때마다 넘쳐흘렀다.

"그냥 오다보니까 여기까지 왔어요."

그런데 더 내려갈 곳이 없네요. 동그랗게 입술을 모으고 하늘을 향해 고개를 추켜들었던 검은 머리통들은 금세 다시 물속에 잠긴다. 잘 모은 발끝이 허공을 한 번 휘젓는가 싶더니 파장과 함께 자취를 감췄다. 작은 어망 속에 담긴 것들을 커다란 어망에 옮겨 담던 그녀가 말했다.

"언니야, 삼신 할매 아나? 영도 삼신 할매."

나는 고개를 저었다. 사실 그녀의 말에 귀를 기울이고 있지도 않았다. 들어본 적 없는 미신이 이목을 끌기에는 검은 머리통들이 물속에 모습을 감춘 지 육십칠 초가 지나고 있었다.

"그 할매가 딱 지켜보고 있어가, 영도 사람들은 이사도 도둑 매로 댕긴다. 영도 밖으로 함부로 나가거든 삼 년 안에 망해가 돌아온다."

갈 곳 없는 사람들이 모여 살던 곳이라가 만들어진 말인지는 몰라도 그렇다 카대. 납작한 날붙이로 전복에 엉킨 그물 실을 끊어내며 덧붙인 말에는 작게 네에, 대답했다. 다시 수면 위로 떠오른 입술이 동그랗게 모였다. 멀리서 휘익, 바람을 불어내는 소리가 들렸다. 구십삼 초만이었다. 굽혔던 무릎을 펴고 선 그녀는 바다로 향했다. 검은 발자국을 남기고 멀리 헤엄쳐간 그녀가 수면 아래로 내려갔다. 영도 사람이 되려면 어떻게 해야 하지, 그런 생각을 하며 등을 돌렸다. 어쨌거나 망하면 돌아올 수 있다니.

버겁고 무겁지 않은 배낭끈을 손에 쥐고 오르막을 올랐다. 어쨌거나 이곳에도 머물 곳은 없으니 어디로든 가야 했다. 빼곡한 상가 뒤편, 헐겁게 잠긴 철문 사이로 느슨한 노랫소리가 흘러나왔다.

"영도다리 난간 잡고 나는 울었네. 으음, 음." 철문 맞은편에서 담배를 피우던 남자가 노래를 흥얼거렸다. 그를 지나쳐 세 걸음, 갈림길 앞에서 길을 잃은 내가 멈춰서자 덩달아 노래를 멈춘 남자가 말했다.

"어디로 가든 다 이어져."

그의 말에 따라 어디로든 걸어오르자 평평한 평지가 발에 닿았다. 동그랗게 모은 입술 사이로 긴 숨을 뱉으며 고개를 들었다. 어느샌가 버스 정류장에 다다라 있었다.

김지예

열심히 일하고 열심히 읽는다. 대부분의 위로는 책에서 줍는다. 누군가 내가 놓아둔 위로를 줍는다면 그 또한 내가 주울 수 있는 위로가 되리라 생각한다. 그래서 가끔 쓴다. 아직은 나만 읽는 글을.

위로를 주우러 가는가보다, 해주렴

은에게.

너는 내가 왜 그리 자주 부산에 가자고 하는지 늘 궁금해하지. 아빠는 그 이유를 눈치챈 것 같긴 한데, 너는 여전히 쉬고 싶은 주말에 왜 가깝지도 않은 부산에 가자고 하는 것인지, 궁금해하고 또 불만을 가지기도 하지.

나와 아빠가 스무 살이 되던 겨울에 처음 만나 친구가 되고 나서, 각자의 대학에서 일 년을 보낸 후 스물한 살이 되던 겨울 방학이었어. 나는 그때 아빠를 혼자 조금 좋아하고 있었고, 대학 공부가 그다지 맞지 않아 미래가 답답했거든. 어디 같이 놀러 갈래? 하던 메일이 바다 보러 가자, 그럼 부산에 갈래? 부산 어디가 좋을까, 태종대는 어때?로 이어졌고, 정신을 차려보니 아빠와 태종대로 향하는 버스 안이었어.

바다는 늘 좋지. 태종대에서 바라보는 바다는 더 좋고. 태종대 길을 걸으며 좋아하는 남자애와 이야기를 나누며 바다를 보고 있자니 답답하던 마음이 좀 나아지는 것 같기도 하더라고.

자갈치시장에 가기로 하고 버스를 타고 돌아오는 길, 오르막과 내리막이, 우회전과 좌회전이 급격히 반복되던 그 길에서 문득 우리는 "여기 내려볼래?"하며 계획에 없던 장소에서 내렸단다. 여행은 원래 그런 거지, 하면서. 지금은 흰여울문화마을이라고 불리는 곳. 바다를 바로 앞에 두고 경삿길에 따닥따닥 붙어 있던 집들과 그 앞으로 꼬불꼬불 이어지던 골목들. 나는 지금도 그곳을 걸을 때면 그러듯이 그때도 몇 군데 집을 가리키며 "저런 데 살면 글이 저절로 써질 것 같아" 했어. 골목골목의 모퉁이마다 숨겨진 사연이 얼마나 많을까. 쉽게 발을 내딛기 힘든 미로를 닮은 나의 미래와 도무지 알 수 없는 사람의 마음을 바다를 바라보며 오래도록 생각한다면, 그것들을 어디에든 적어두고 싶지 않을까, 언젠가 이곳에 와서 그런 글을 써야지. 아, 내가 진짜 하고 싶은 것은 글을 쓰는 거구나, 생각했단다.

흰여울문화마을에서 길고긴 계단을 타고 내려가면 절영해안산책로가 나오지. 지금은 산책로 조성이 잘되어 있지만 그때는 한창 산책로를 조성중이었나 그랬을 거야. 왜 그렇게 기억하고 있냐면, 그 길을 걸으면서 내가 좀 수작을 부렸거든.

그때 이미 아빠를 좀 좋아하고 있었다고 했잖니, 그래서 대화 사이에 틈이 생기면 불쑥 고백하고 말까봐 틈이 생기지 않도록 별달리 재미도 없는 이야기들을 막 늘어놓고 있었어. 그 와중에 산책로에서 보는 바다는 또 왜 그리 좋은지, 바다가 너무 좋고, 옆에 나란히 걷는 남자애도 너무 좋고 그래서 아빠 옷소매를 슬쩍 잡고 걷다가 고르지 않은 땅을 잘못 밟은 것을 핑계 삼아 소매를 잡고 있던 손을 슬쩍 팔 사이로 끼워넣고 모른 척 팔짱을 끼고 걸었단다.

봐봐. 은아. 그렇게 나와 아빠가 걷던 길을 이제는 우리 셋이 함께 걷지. 너는 아빠와 함께 해안산책로를 달리고 운동화 끈이 풀어지면 아빠가 무릎을 꿇고 앉아 묶어주지. 엄마는 그 모습을 보며 사진을 찍으며 흐뭇해하고. 그러다가 문득 바다를 가리키며 저기 좀 봐, 하고 함께 같은 곳을 바라보는 일.

영도에는 그런 기억들이 잔뜩 있단다. 바다를 바라보며, 골목골목을 걸으며 받았던 위로와 위안과 기쁨과 즐거움이 곳곳에 있지. 그걸 주우러 가는 거야, 마음이 힘들 때. 그러니 내가 부산에 가자고 하면 아, 엄마가 지금 좀 사는 게 어려워서 위로를 주우러 가는가 보다, 해주렴. 너에게도 그런 곳이 생기길 바라고 있어. 너만의 위로를 곳곳에 뿌려두었다가 마음이 힘들 때 가서 주워들고 편하게 웃을 수 있는 곳. 그런 곳이 생기면 엄마에게도 같이 가자고 해줄래?

김파랑

주머니시 『저 세상에서 하는 사랑이나 할까』 『휘어진 숲길을 오래도록 걸었다』 『어서 일어나 시가 될 시간이야』 『죽은 것들이 다시 죽지 않게 해주세요』, 파도시집선 『꿈』 『바다』 『여름』 『구원』에 글을 실었다.

영도의 윤슬을 처음으로 봤다

영도에 가본 적 있어?

있지.

그에 대한 소문 같은 건.

글쎄, 막상 물어보니까 생각이 잘 안 나.

요즈음 나는 귀향 후 오 년간 같은 자리에 살면서도 왕래가 거의 없던 옆집과 이제야 친하게 지내보겠다고 소매 걷은 꼴 같았다. 글을 쓰기 위해 남녀노소 불문 캐묻고 다녔으나 당연히 크게 얻은 건 없었다. 그들 또한 영도 박사가 아니었기에 나와 비슷한 상식을 가지고 있는 건 당연했다. 부산 살면서 영도 관련 설화라거나 지명 얘기 같은 거, 솔직히 잘 몰랐다. 이렇게까지 주변에 관심이 없었나 자괴감이 들었지만 애초에 부산에서 태어났음에도, 산 모양이 가마와 비슷해 부산이라고 불리게 된 사실조차 스물아홉이 되고 나서야 알았으니 원래 내가 지명에 무심한 사람이었다는 걸 깨달았다. 그랬더니 그 자리에서 들었던 자괴감이 싹 사라졌다. 사실 부산 지명의 유래마저도 당시 타지에 살고 있었던 관심 상대와 말 한마디라도 더 섞고 싶어 조사해봤던 것이었다.

그렇게 해서 관심 두게 된 영도 지명의 유래. 영도의 옛 이름은 절영도. 말이 너무 빨리 달려 그림자가 끊긴다는 뜻이라는데, 지금의 봉래산이 예전에는 절영산으로 불렸다고 한다. 영도는 말을 기르는 섬이었구나. 숙소로 오는 길에 지나쳤던 절영교와 달리는 말 동상이 떠올랐다. 절영도는 나라를 빼앗겼던 당시 목도로 불렸다고 한다. 그럼, 목도로 불릴 동안 절영마의 그림자는 발 없는 말이 되어 집집을 돌아다니면서 몰래몰래 연명한 걸까. 안쓰러운 말이네. 하리항에 앉아 생각했다. 그러다 주위보다 어두운 바다의 한 부분을 발견했는데, 저것은 산호일지 떠돌던 절영마의 그림자일지 한참 생각했다.

흰여울마을의 낮에는 또다른 나들이 걸어다닌다.

영도의 크고 작은 소문을 아는 사람들과 모르는 사람. 외지인과 부산 사람. 길거리에는 이야기가 절영마처럼 바쁘게 돌아다녔다. 영도에서 타는 버스는 꼭 놀이기구 같대. 초보 운전자가 다니기에는 난이도가 극악이라더라. SNS에서 본 적 있는데, 롤러코스터처럼 높은 다리 때문에 악명이 자자하대. 그리고 영도에는 말이야, 무서운 할머니가 산대. 영도 할머니는, 영도 사람들을 잘살게 만들어주지만 타지로 이사 간 사람들에게는 따라가서 해코지를 한대. 그래서 이사를 할 때에는 할머니 몰래 새벽에 떠나야 한다고 했어. 모두 어디선가 들어봤던 말들이다.

영도에서 가장 아름다운 건 윤슬이다. 높은 언덕을 올라갔다가 내려갈 때 섬을 품어주는 바다가 한눈에 시원하게 보였는데 그때 영도의 윤슬을 처음으로 봤다. 사랑에 빠진 것처럼 뇌리에 깊게 박혀버려서, 이 글을 쓰고 있는 순간까지도 반짝거리고 있다. 그것을 보고 내려간다는 것이 꼭 나쁜 것만은 아니라는 걸 깨달았다. 하루를 투자하면 정말 수많은 윤슬을 구경할 수 있다. 보라색이 한 스푼 들어간 글리터, 노이즈 필터, 사포, 고양이 눈. 잘게 반짝이는 모든 것이 영도 바다에 있다. 낮에 볼 때도 좋았지만 해가 지기 시작할 때는 더욱 아름다웠다. 바다를 바라보며 커피를 마시고 있으니 시간은 금방 갔다. 은빛 물결은 어느새 금방 금빛 물결이 됐다. 노을의 분홍빛을 머금었던 바다는 점점 침묵의 색으로 바뀌었다.

두번째로 마음을 뺏겼던 것은 자연이었다. 영도에서 본 수평선은 영도 할머니의 감은 눈처럼, 바다는 배를 여러 척 품고 있는 할머니의 마음처럼 보였다. 산으로 시선을 옮기면 할머니의 푸른 손등 같은 산이 보인다. 축축해 보이지만 골목골목 다니는 사람들을 보며 할머니의 오래된 피가 도는 것 같다고 생각했다. 외로운 할머니의 심장 같은 영도. 활기가 차오르기 시작하는 영도.

우연히 수에게 들었는데, 원래 영도 할머니는 타지까지 따라가서 해코지하는 지역 신이 아니라고 했다. 영도가 목도로 불릴 때 소문이 나쁘게 변했으며, 봉래산의 정기를 말살하고자 영도 할머니를 괴롭혔다는 얘기도 전해 들었다. 고작 근거 없는 설화에 대한 얘기를 들었을 뿐인데 누명을 쓴 영도 할머니가 된 것처럼 억울했던 것 같다. 나도 엄마에게서 해코지한다는 얘기만 들었기 때문에, 많은 사람이 그렇게 알고 있지 않을까 생각했다. 할머니, 그동안 많이 억울하셨겠구나.

숙소에 들어와서는 밀린 잠을 잤다. 폭발음이 들린다. 타이어가 터지는 걸까. 눈꺼풀이 무거워 쉽게 뜨지 못했는데, 연이은 폭발음에도 불꽃놀이라고 생각하지 못했던 것 같다. 가는 날이 장날이라더니 오늘이 영도 다리축제였구나. 신기하게도 영도에 관심을 가지게 된 이후부터 매년 축제를 열기 시작했지만 사람이 많을까 봐 갈 생각은 안 하고 있었다. 불꽃놀이 마지막 폭죽이 터졌다. 영도의 윤슬 같은 별무리가 우수수 떨어지길래 어린애처럼 소원을 빌었다. 영도 할머니가 행복했으면 좋겠다고.

2부　　　　　　자는 사람과 사는 사람만 남아

김해수

시 입문 이 년 차인 독자. 언젠가 자신이 시인임을 시인할 수 있을 거라 믿는 몽상가. 부족한 재능에 좌절하기보다 쌓여가는 시심에 안도하는 잿빛 도시인.

네 그림자는 날 향해

옥순아

낮에
손자가 다녀갔단다
지난주엔
손녀와 증손주도 다녀갔어

비를 피한답시고
바가지를 뒤집어쓰고
널 마중나가던

서른 해 전
청학동에서의
그 말간 웃음으로

영선동에서 동삼동까지
흰여울을 가르는
박물관 상어를
보았지

아이들이 살던 청학동과
네가 살던 신선동은
멀리
아이들을 내다보며

파는 사람과
사는 사람은
떠나고

자는 사람과
사는 사람만
남아

가는 뱃고동과
나는 등대 불빛만이

타는 밤

옥순아
우리 아이들
뭍으로 가야지

옥순아
우리 아이들
작열하는 태양으로 가야지

끊어진
네 그림자는
날 향해

우린
잠시 들를 아이들을 위해
윤슬과
갯바람과
바다 내음을
예비해두자

김혜경

대부분의 시간을 회사에서 보내다가 집에 돌아오면 글을 쓴다.
산문집 『한눈파는 직업』 『아무튼, 술집』 『시시콜콜 시詩알콜』(공
저)을 썼다.

영도 할매 알아요?

　남포동에서 술 마시던 새벽이었다. 마지막의 마지막까지 술 한잔 더 하기 위해 찾는 포차에서 으레 그렇듯, 마시다보니 누가 내 동행인지 알아차릴 수 없었다. 포차를 따라 몸을 붙이고 둘러앉은 초면의 사람들은 엇비슷하게 뜨거워져 있었고, 나에게 말이나 잔을 건네는 누군가가 있다면 그 사람이 내 친구였다.

　사람들을 한데 묶어 들뜨게 만든 건 대선 소주나 쇼케이스에 담긴 해산물이 아니었다. 이 자리의 모두가 부산 토박이가 아니라는 사실이었다. 표준어와 어설픈 사투리가 신나게 오가며 술자리를 달궜다. 자신이 부산을 제일 잘 안다며 뽐내는 어중이떠중이들의 아우성 틈에서 나 역시 목청을 높여 물었다.

"영도 할매 알아요?"

"알죠, 거기 맛집이잖아요."

한 치도 주저하지 않고 몰아친 대답의 기세에 나는 주춤하고 말았다. 하긴, 갑자기 할머니 아냐고 물으면 혈연 아닌 이상에야 십중팔구 맛집 주인이겠지. 나는 달싹이는 입술 밖으로 말을 뱉는 대신 소주나 삼켰다.

영도 할매를 알게 된 건 영도를 알게 되면서부터다. 나는 주민등록등본에서 영도라는 단어를 처음 보았다. 본적란에 적힌 영도를 생소해하는 나에게 아빠는 자신이 태어난 곳이라고 했다. 가난하고 힘들던 때라 딱히 좋은 기억은 없다면서도 영도에 관해 이야기하는 아빠의 목소리는 조금 들떠 있었다. 영도는 자갈치시장에서 통통배를 타고 갈 수 있는 섬인데 자신은 어렸을 때 수영해서 건너간 적도 있다던가, 영도엔 사람들의 소원을 들어주는 바위들이 있는데 그중에 제대로 된 바위를 찾아가야 한다던가, 사실은 나를 영도다리 밑에서 주워왔다던가. 어린 자식을 놀리려는 듯 순 허풍과 미신뿐인 이야기 속에서 제일 큰 비중을 차지했던 건 단연 영도 할매였다.

영도 할매는 영도를 지키는 산신령인데, 영도를 떠나는 사람에게 저주를 퍼붓는 것으로 유명하단다. 그래서 영도 바깥으로 이사하려면 한밤중에 몰래 하거나 아주 먼 곳으로 가야만 하는데 모른 척 떠나면 무조건 안 좋은 일이 생긴다고, 아빠 주변에도 진짜로 영도 할매 때문에 사법고시나 사업에 실패한 친구들이 있다고 했다. 친구들까지 들먹인 아빠의 노력에도 불구하고, 나는 애초에 산신령이라는 말을 들었을 때부터 아빠가 생각보다 뻔뻔하게 거짓말을 늘어놓는 사람이라는 점에서 어안이 벙벙해져 있었다. 어른이 돼서 어른답지 못하게 남 탓하려고 별 이야기를 다 지어낸다는 생각을 끝으로 영도 할매는 기억 속에서 잊혔다.

아빠가 지어낸 이야기 속의 인물인 줄 알았던 영도 할매가 다시 나타난 건 무려 결혼이라는 중대사를 논하는 상견례 자리에서였다. 여전히 억센 아빠의 사투리는 대화의 주제를 자연스럽게 그의 고향으로, 남편의 부모님이 영도에 몇 년간 근무했던 적이 있었다는 사실로 이끌었다. 어른들은 조그만 섬을 중심으로 순식간에 애틋해졌다. 그리고 그들이 나누는 영도에 대한 추억 속에서 영도 할매는 정말로 누군가의 할머니라도 되는 양 당연하게 존재했다.

어른들은 신신당부했다. 이게 다 영도 할매가 점지해준 인연이니, 영도에 갈 일이 있으면 영도 할매에게 꼭 인사드리라고. 대체 어떻게 인사해야 하냐는 질문에 이어지는 답은 생각보다 싱거웠다. 마음속으로, 마음을 다해 인사를 드리면 돼. 고작 영도를 떠난다는 이유만으로 남은 인생을 망하게 만든다는 할매를 달래는 법치곤 영 맥 빠지는 구석이 있었다. '마음을 다한다'라는 건 지나치게 주관적이고 애매한 기준 아닌가? 아빠 친구들이 사법고시나 사업에 실패한 이유가 고작인사를 제대로 안 해서란 말인가? 예를 지나치게 중시하는 유교 사회는 정말 질리는 구석이 있다는 생각을 끝으로 영도 할매는 다시 기억 속에서 희미해졌다.

그러다가 포차에서 대뜸 튀어나온 것이다. 예전에는 영도까지 통통배로 오고 가는 게 가능했다던 남포동의 한 포차에서, 사실은 영도 할매에 대한 건 무엇하나 믿지 않는 내 입 밖으로. 영도 할매가 맛집이라는 대답을 정정하지 못했던 건 그래서다. 나조차 제대로 믿지 않는 이야기를 자신있게 할 순 없으니까.

다음날 나는 숙취에 시달리는 몸을 이끌고 봉래산을 올랐다. 봉래산이 영도 한가운데 위치한다는 걸 그제야 실감했다. 영도에 올 때마다 흰여울길을 따라 바다를 조망하거나 세련된 카페에 들르며 영도를 다 안다고 생각했지만, 실상은 섬의 테두리만 맴돌았을 뿐이었다. 영도의 중심에 우뚝 솟은 봉래산을 오르는 일은, 그간의 외면을 정면 돌파라도 하겠다는 결심이나 다름없었다.

봉래산을 다 오르는 데는 한 시간이면 충분하다. 정상에서는 바다와 산이 어우러진 절경은 물론 영도와 남항대교, 부산의 서쪽 시가지까지 한눈에 내려다보인다. 게다가 '봉래산 영도 할매 전설'이라는 제목이 붙은 안내문까지 어엿하게 자리잡고 있다. 거기 쓰인 글을 읽고 나서야 영도 할매의 진실을 알게 됐다. 영도 할매가 영도를 떠난 영도 사람들을 해코지한다는 악명은 일본인들의 간계였다는 것을.

부모님들께 연락드려 영도 할매에 대한 뿌리 깊은

오해를 풀어주어야 하나 싶다가, 이미 이 진실을 알고 계실지도 모른단 생각이 들었다. 수능 날 아침식사로 미역국을 끓여주고서는, 미끄러지면 자기 탓하라던 어머니 이야기가 생각나서다. 누군가를 탓하지 않고서는 풀 수 없는 못난 마음마저 품어주는 존재가 하나쯤은 필요하니까, 그래서 다들 영도 할매를 애틋하게 품고 사는 것은 아니었을까. 어떤 오해는 사람을 살게 한다. 그러니 포차에서 영도 할매가 맛집이라던 대답도 어찌 보면 오답이 아닌 셈이다.

김효진

세상과는 엇박을 타는 순간이 많지만, 글 속에서는 끝까지 자신의 박자를 잃지 않으려 한다. 에세이 『반려하시겠습니까』, 앤솔러지 에세이 『아주 작지만 세상에서 가장 강한 너에게』를 세상에 내놓았다.

오늘 부산은 0도, 영도입니다

0도. 얼음이 녹고 물이 얼기 시작하는 찰나, 모든 열적 움직임이 멈춘 그 순간은 부산을 처음 만났던 나의 감정과 닮았다. 부산은 내게 오랫동안 차가운 도시였다. 짧은 순간에 다 담으려던 욕심으로 낯선 거리를 헤매고 돌아다닌 끝에 남은 것은 삐걱거리는 다리와 건조한 추억뿐이었다. 그래서 부산은 실패한 여행의 상징이 되었다. 그런데 시월의 어느 날, 나는 부산행 KTX에 몸을 실었다. 창밖에는 여전히 0도의 냉기가 감돌고 있었다.

처음 발을 내디딘 곳은 흰여울문화마을이었다. 가방을 메고 골목을 걸었다. 다닥다닥 붙어 있는 집들의 틈새, 그 사이를 비집고 들어가면 곳곳에 숨겨진 이야기들을 찾는 재미가 쏠쏠하다. 담벼락에는 색색의 그림이 그려져 있고, 게으른 고양이들은 햇살 아래 눈을 감고 있었다. 옥상에서 나부끼는 빨래들과 바다를 배경으로 사진을 찍는 관광객들로 마을은 활기가 가득했다. 나도 분위기에 이끌려 담벼락에 기대 사진 한 장을 찍었다. 흰여울이라는 이름은 봉래산 기슭을 타고 내려오는 물줄기가 흰 눈이 내리는 모습과 닮아서 붙여졌다고 한다. 피란민의 삶이 시작되었던 이곳은 이제 예술가들이 모여드는 마을이 되었다. 과거의 고단함 대신 여유로운 커피 한잔이 그 자리를 대신했고, 얼어붙은 나에게도 작은 틈이 생겼다. 물줄기가 스며들어 해빙되기 시작했다. 따스함이 미약하게 느껴지는, 미지근한 35도쯤의 온도. "그래, 여기 영도는 괜찮을지도 모르겠다."

어둠이 내려 밤이 시작될 때, 영도의 또다른 얼굴을 보았다. 조명들이 하나둘 켜지면서, 무지개로 변한다. 밤바람은 서늘했지만, 영도의 밤은 뜨겁게 밀려오는 45도의 온기였다. 그 적당한 열기가 나를 천천히 데워주었다. 하늘과 바다가 연결된 그 지점에서, 겹겹이 껴입은 감정의 외투를 한 겹씩 벗어냈다. 그저 무심히 걸었다. 영도의 밤은 그런 곳이었다. 온화하고도 강렬한.

검은 바다는 우주, 조명은 별이었다. 블랙홀처럼 나를 끌어당기던 그 밤은 꼭 우주를 걷는 기분이 들었다. 그 순간이 내게는 완벽했기에, 나는 밤의 영도를 계속해서 기억할 수밖에 없을 것이다. 영도에 간다면 꼭 밤 산책을 나서길 권한다. 고요하면서도 뜨거워지는 공기를 느끼며 우주 속을 유영하는 몽환적인 여행을 떠날 수 있을 것이다.

다음날 아침, 영도는 뱃고동 소리로 나를 깨웠다. 부지런한 배들을 따라 나도 서둘러 준비를 하고 태종대까지 걸었다. 비탈진 언덕을 오르며 숨이 찼지만, 두발로 꼭꼭 아스팔트를 밟았다. 자갈을 밟았다. 모래를 밟았다. 구석구석 영도와 더 깊게 맞닿았다. 태종대에 도착해 다누비열차를 타고 영도등대를 찾았다. 인어상 옆에 철퍼덕 앉아 수평선 너머로 넘실대는 바다를 지그시 바라보았다. 파도는 심장 박동처럼 내게 온다. 일렁일 때마다 수십 년, 수백 년 전의 기억이 밀려왔다. 신라 태종 무열왕이 활을 쏘던 곳, 조선시대 기우제가 열리던 장소인 태종대. 그 시절에도 이곳엔 지금처럼 파도가 쳤다. 옛날 사람들도 이곳에서 마음을 던졌을 것이다. 자신들의 발자국, 말소리, 눈물을 던졌을 것이다. 조용히 눈을 감았다. 바다는 깊고 넓어서 묵은 감정들을 건져올려 속삭였다. '나는 흘러가지만, 다시 모이고 돌아와 너를 채울 거라고.' 차가운 부산에 다시 오고 싶지 않았던 그때의 나를, 내가 떠나고 돌아오는 사이 바다는 여전히 나를 품고 있었다. 마침내 모든 얼어붙은 감정이 녹아내리며 100도에 다다랐다. 여행은 내 안의 겨울을 태우고 여름을 맞이하는 일일지도 모른다.

영도를 떠나기 전 찾은 흰여울문화마을에 간간이 비가 내리기 시작했다. 빗방울이 또각또각 떨어지는 소리를 들으며 커피 한잔을 주문했다. 바다의 짠내와 비의 비릿함이 창문을 타고 넘어왔다. 이곳에서 빼놓을 수 없는 풍경은 바로 묘박지다. 묘박지는 주차장처럼, 크고 작은 배들이 잠시 머물며 항해를 준비하는 곳이다. 나처럼 저 배들도 각자의 사연을 안고 이곳에 도착했으리라. 배들이 잠시 설 때, 나도 그곳에서 쉼을 찾았다.

비가 멈춘 틈을 타 작은 소품 가게에 들러 귀여운 고양이 손수건과 안경닦이를 사며 소소한 즐거움을 느꼈다. 돼지국밥 한 그릇으로 마지막 한 끼를 마치고 나서야, 부산역으로 향했다. 기차가 출발하며 천천히 멀어지는 풍경을 바라보며 나는 0도로 돌아왔다. 불신이 연료가 되어 달리던 여행. 끓는점에 다다르자 비틀린 마음은 증발했다. 고요한 수면 위로 기포가 피어오르고, 증기로 솟아오르며 무언가 변할 수밖에 없는 순간. 영도와의 만남도 그러했다. 영도는 여전히 다양한 온도의 감정과 이야기를 담아 오늘도 새로운 누군가를 기다리고 있을 것이다. 나처럼 방황하던 이도, 차갑게 닫힌 마음을 가진 이도 그곳에서 자신의 온도를 찾아가리라. 내가 바다에 남긴 마음 한 조각이 파도에 실려 너울대고 있을 테니, 언젠가 또다시 찾는다면 아마도 영도는 그 온기를 그대로 전해줄 것이다.

김희진

책이 점점 서 있을 자리를 잃어가는 세상에서 여전히 책이 가진 힘을 믿는 직장인. 사람의 선한 마음을 좋아하지만, 사람 대신 책에 둘러싸인 일을 해서 다행이라고 생각한다. 사람들이 책을 싫어하는 것이 아니라 좋아하는 책을 아직 만나지 못했을 뿐이라고 수십 번 말하며 지낸다. 독서와 수다, 여행이 삶의 원동력.

영도가 우릴 붙잡나봐

부산 가본 적 있어? 서울에 사는 친구가 이 질문을 했을 때 단번에 알아듣지 못했다. 부산과 같은 경상권이자 고속철로 연결되는 곳에 살고 있는 나에게는 질문 자체가 생소했다. 게다가 영화제, 바다가 있는 부산은 자주 가는 여행지였다. 그러나 친구가 이어 영도에 가본 적이 있냐고 물어봤을 땐 선뜻 자신 있게 대답하기 어려웠다. 물론 영도에 가보았고 나름 특별한 추억도 있었다. 중요한 시험을 끝내고 갔던 태종대, 운전 이 년 차의 패기로 엄마를 모시고 갔던 영도의 한 카페. 작년엔 우연히 봉래산 전망대에도 올랐다. 하지만 여전히 잘 알지 못하는 곳이었고, 그래서 이번 여행에서는 영도의 또다른 매력을 발견하고 싶었다.

영도에 도착하자마자 돼지국밥을 먹고 언덕을 오르

내리며 한참 걸었다. 바다에 빛이 부서지는 흰여울문
화마을은 외국인들로 북적였다. 뒤늦게 도착한 친구와
만나 짙푸른 바다를 한참 구경하다가 횟집에 갔다. 인
심 좋은 사장님은 단체 손님 옆으로 자리를 마련해주
었다. 회가 쫄깃하고 맛있어 술안주로 딱이었지만 시
월에 열리는 영도다리축제를 보고 싶어 횟집에서 오래
머무를 수가 없었다. 친구를 재촉하며 식사를 서두른
후에 축제 장소로 출발했다.

버스를 타고 내린 영도다리의 분위기가 어색했다.
일곱시 반의 영도다리는 해가 지고 있어 어둑어둑했
다. 이상한 느낌에 검색을 해보니 축제의 저녁 행사장
은 아미르공원이었고, 공원은 저녁을 먹었던 횟집에서
불과 일 킬로미터도 떨어져 있지 않았다. 결정을 빠르
게 잘하지 못하는 우리는 지금이라도 아미르공원에 갈
까, 남포동으로 가서 놀까, 이 주변에 갈 곳을 찾아볼
까 등의 의미 없는 질문을 반복하며 주저했다. 몇 대의
버스가 지나갔고 우리는 발걸음 닿는 대로 골목길을
걷다가 정박한 배를 구경했다. 불꽃놀이를 하기로 정
해진 시간이 점점 다가오고 있었고, 그냥 끝나가는 축
제 분위기라도 보자며 뒤늦게 버스를 탔다.

버스를 타고 다시 돌아간 아미르공원에는 사람들이 아주 많았다. 모두들 맛있는 음식을 먹거나 공연 노래에 리듬을 타거나 신나게 이야기를 하고 있었고, 길어진 공연 덕인지 불꽃놀이는 아직 시작하지 않았다. 파장 분위기를 예상했던 나는 머쓱한 표정으로 웃었다. 자리를 잡고 친구와 내일 아침 바다 근처를 뛸 계획을 한참 세우다보니 큰 소리와 함께 불꽃놀이가 화려하게 펼쳐졌다.

다음날, 예상한 대로 우리는 일찍 일어나지 못해 아침을 먹고 산책하기로 가볍게 일정을 변경했다. 내륙 한가운데 사는 우리에게는 뛰든 걷든 방식이 중요하지 않았고 바다가 함께하는 아침만으로도 충분히 감격스러웠다. 각자 책을 한 권씩 들고 국립해양박물관 도서관으로 향했다. 바다가 보이는 도서관은 고요하고 아늑했다. 친구와 나는 가끔씩 고개를 들어 바다를 바라보며 한 시간이 넘도록 책을 읽었다. 친구는 이렇게 보낸 시간이 너무나 만족스러운 듯했고, 나도 오랜만의 가을 날씨가 소중해 어딘가에 보관하고 싶었다.

아쉬운 마음으로 한참 달려 영도를 벗어날 즈음이었다. 갑자기 묘한 기분이 들어 차를 세우고 짐을 다 뒤졌는데, 아무리 찾아도 내가 가지고 온 다른 책이 보이지 않았다. 베개 밑에 책을 두고 온 사실이 기억났고, 숙소로 전화해보니 책은 그곳에 있었다. 전날 그랬던 것처럼 또 나의 착각으로 영도다리 위에서 되돌아가야 하다니. 친구는 괜찮다고 이야기해줬지만 허비한 시간이 몹시 아까웠고 연이은 실수를 되새기다보니 마음이 갑갑해졌다.

한 시간 걸려 책을 찾은 후 영도다리를 다시 지나며 친구가 말했다. 영도가 우릴 붙잡나봐. 그 순간 영도에 도착했을 때가 떠올랐다. 애초에 영도의 매력을 찾는 것이 이번 여행의 목적이었다. 예정대로 흰여울문화마을을 걷고 맛있는 회를 먹었으며 푸른 바다가 보이는 도서관에서 책을 오래 읽었다. 우연히 저녁의 영도다리를 건넜고 정박한 배 사이에서 사진을 찍었으며 영도 경찰서 앞에서 친구에게 영도의 유래에 대해 설명했다. 축제에 온 사람들의 즐거운 표정과 코앞에서 터지는 듯한 불꽃놀이를 보았고, 무사히 책을 찾아 집으로 가져갔다. 여행이 순조롭지 않다고 생각하는 순간에도 영도가 내 기억에 쌓여갔다. 여행하는 동안 영도에서 놓친 것은 아무것도 없었다.

영도에 가본 적이 있냐고? 몇 번이나 가봤지. 그리고 이젠 어떤 곳이, 왜 좋은지 덧붙여 말할 준비가 되었다.

민윤지

갈변하기 직전에 미래의 사과가 되었다. 에세이 『거짓 행운의 언어』를 썼으며, 지금은 지구 바깥의 언어로 다른 과일의 이야기를 기록하고 있다.

여기서 모양을 만들어 오랫동안 거기에 있길

나는 내가 태어날 때를 기억하지 못하지만, 죽음 바로 직전을 기억할 것이다.

우리의 기억에는 모양이 있을까?

✛

영도에 대한 기억은 열두 살 적으로 거슬러올라간다. 네 살 터울인 동생의 정수리가 내 가슴께에 닿던 시절, 그애의 작은 손을 붙들고 해안 나무다리를 걷던 일. 낭창한 바닷바람의 결을 따라, 삐걱이는 시간을 밟고 걷던 일. 해안선은 고향의 모양으로 궤적을 그리며 나의 깊은 기억과 아주 가까이 있었다. 사실 영도 바닷가는 어릴 때 지척에 두고 자랐던 수많은 해안 중 하나

일 뿐이었는데, 동생과 함께 마음대로 개사한 동요를 부르며 걸었던 그 길의 기억은 이상하리만치 선명하다. 이유를 알 수 없으나 그렇게 오래 남게 되는 순간들이 있다. 인간의 언어로는 도무지 설명할 수 없도록, 멋대로 형태를 만들어 일상의 흐름에서 유리되려는 기억. 그런 기억들은 오래 남지만 동시에 결코 다시 돌아갈 수 없는 먼 시간이 된다. 시간이 흘러 풍화를 겪고 빛이 바랜 앨범 속 사진들처럼, 보통의 나날로부터 잊히면서 차츰 미지에 가까워진다. 독립적인 모양이 생겨 내게서 떨어져나온 기억에겐 가없는 멀어짐만이 남을 뿐이다.

영도의 해안에서 한참 작고 어리고, 아무것도 몰랐던 과거의 나를 보았다. 나였지만 이제는 내가 아닌 존재. 구형 스마트폰 속 해상도 낮은 사진에 어슴푸레 남은 지난 시절의 그림자. 사진은 같은 바다를 담았지만 다른 기억으로 옮겨가면서 미래를 향해 현상된다. 바다가 보이는 서점의 옥상에서는 모든 풍경이 빛에 구워지고 있었다. 휴대폰 카메라 렌즈를 타고 햇살이 짙게 번졌다. 전에는 이런 사진을 찍을 수 있을 거라곤 상상도 못했지. 먼 파랑의 윤슬까지 선연히 담아내는,

현재의 모양. 좀더 뚜렷하고 명료한, 다만 아주 사소하고 보잘것없는 구원. 한없이 먼 곳에서 촉발되는 외연은 내 일상의 가장 내밀한 부분을 파헤쳐낸 만큼의 깊이를 가졌다. 나는 없음조차도 있음의 상태임을 믿고 싶어하는 사람이었다.

그래서 끝내는, 책을 만들 마음에 대해 생각하게 됐다. 어릴 적 추억뿐만 아니라 아주 가까운 시간대의 경험마저도 금세 나를 이탈해 손쓸 수 없을 만큼 자유로워진다는 걸 알게 되었다. 형체 없는 것들인 줄로만 알았는데 기억이라는 이름을 붙이는 순간 이지를 가지고 나로부터 분리되려 한다. 글을 쓰러 영도에 가겠다고 마음먹고 즉흥적으로 기차표를 예매하면서 아주 오래전 영도 방문기를 되짚는 순간, 행위의 흐름은 기록의 성격을 지니면서 텍스트가 되기 시작했다. 과거의 내가 버킷 리스트에 책을 만들고 싶다고 쓴 것은 사실 지극히 자연스러운 일 아니었을까. 분리된 이야기들을 마음대로 통제할 수 없다는 걸 어렴풋이 짐작했을 때부터 나는 그들이 책이 되어야 한다고 여겼던 것이다. 조금 전까지는 분명 나의 일부였던 것들이 어느샌가 쓰이고 얽혀서 모두에게 공유되는 실재가 된다. 떨어져나온 이상 여기서 모양을 만들었으면 좋겠다고 생각했고, 물성을 가지고 오랫동안 거기에 있길 바랐다.

바다를 마주보는 서점에서 시인은 말했다. 종이책과 바꿀 수 있는 건 아무것도 없는 것 같습니다. 나 또한 마찬가지의 마음이었다. 현재와 미래의 어떤 이들에게는 전자책 디스플레이가 더 익숙할지언정, 결국 그밖에 알지 못하는 사람들만 사는 세계가 올지언정 내게는 종이의 물성을 포기하지 못할 마음이 있다.

이따금 내가 쓴 시를 읽어주는 H는, 무언가를 좋아하는 이유를 도무지 설명할 수 없다는 사실이 그를 진심으로 좋아하는 까닭이 될 수 있다고 말한 적이 있다. 한참 멀리까지 떠나와서야 그 말이 떠올랐다. 하필 왜 책이어야만 했을까. 역시 특별한 이유는 없는 것 같다. 그렇기에 더욱 살아갈 수 있는 것이다. 그저 내가 책을 택했고 또 책이 나를 택했으니 서로를 부둥켜안고 사는 거다. 감각하고 모양을 내고 엮고 만들어서 멀어진 것을 다시 끌어안는 것이 당연해졌기 때문에. 영영 책이 되지 못할 이야기도 있겠지만, 그것마저도 내겐 책으로 존재한다. 형체가 없어도 괜찮은 것 같다. 가능성

뿐이라 해도 기껍게 여길 것이다. 책 좋아하는 사람의 마음속에는 책이 되지 못한 것들의 세계가 있다. 서울과 파주를 오가던 내가 부산까지 내려와 시를 읽고 글을 써야 했던 이유는, 결국 모든 것을 책으로 만들 마음을 되짚기 위해서였다.

기억에 모양이 있다면 그건, 갓 인쇄되어 뜨끈한 종이 뭉치와 오래된 도서관의 서가에 꽂힌 책들을 닮았을 것이다. 마른 지 얼마 안 된 잉크 냄새, 사방에서 뿜어져나오는 열기와 소음, 옅은 누런색으로 바래버린 책장, 책머리를 털면 부옇게 일어나는 먼지 같은 것은 덤이다. 다락을 닮은 서점으로 향하는 계단을 오르다 잠깐 멈추어 고개를 들었을 때 눈에 담기는 틈새의 하늘. 그 진실한 파랑과 물빛의 희열을 공유하고 싶다. 십대의 나와 이십대의 나를 모두 기억해줄 부산 영도의 해안선, 그 경계의 안쪽과 바깥쪽을 스쳐지나간 모든 우연들마저.

아주 가까이에서, 그리고 멀리까지. 내가 지독히도 사랑하는 모양으로.

박보민

책을 읽고 글을 쓴다. 이 일에 낙관도 비관도 허용하지 않은 채 그냥 하고 있다. 아무것도 되지 않으면 좋겠지만 무엇인가 된다면 책과 관련되어 있겠지 생각한다. 미래는 그리 생각하지 않는다. 되는대로 살다보면 어딘가에 도착해 있을 것이다.

가만히 있는 것도 힘든 일이다

피란민이 지었을 작은 집들이 비탈면에 옹기종기 붙어 있다. 사람들이 사는 곳, 대화는 조용히 해달라는 안내문이 붙어 있다.

좁은 골목길은 사람 하나여도 꽉 찬다. 한 줄로 서서 걷는다. 넓은 길이 나온다. 긴 길이 시작되었음을 예감한다. 이 길은 길 것이고, 내 옆에는 바다가 있을 것이다.

좁은 길들에서 사람들이 나오고 사람들은 길을 따라 걷는다. 내 옆을, 내 앞을, 내 뒤를 걷는 사람들. 바람이 분다. 알 수 있다. 누구 하나 휩쓸려가지 않겠구나. 우린 이 길 위에 서 있구나.

화물선들이 저마다의 거리를 유지한 채로 가만히 흔들거린다. 멀리서 보면 평온해도 파도는 거치니, 파도에 휩쓸리지 않기 위해 계속 힘을 쓰고 있을 거다. 앞으로 가는 것만큼 가만히 있는 것도 힘든 일이다. 파도는, 바람은 멈춰주지 않으니까. 계속 흔들려도 쏟아지면 안 되니까.

파도는 격자무늬를 만들어낸다. 오는 파도와 가는 파도가 부딪히며 생기는 파동의 문양, 배들을 잡아놓은, 흔들리는 그물 같다. 낚싯대가 휘어진다. 물고기일까? 아저씨 옆에 있던 아이는 물고기가 아니라 한다. 물고기가 아니어도 낚싯대는 휘어진다. 많이 휘어져도 월척이 아닐 수 있다. 월척이 아니라면 무엇을 낚으려고 열심인 것일까?

사람들은 바다 앞에서 사진을 찍는다. 사진에는 여전히 바다가 있고, 얼굴이 있고, 시간이 있다. 바다라는 청백의 캔버스에 두 사람이 찍힌다. 땅엔 그보다 많은 사람의 발자국이 찍힌다.

영도를 걷는다. 집들 사이 좁은 길엔, 큰길가엔 없는

오래된 발자국들이 있다. 멀리서 온 사람들, 떠나지 않고 머문 사람들의 흔적. 영도는 소멸 위기 지역이라고 한다. 문 닫은 가게들의 창문에 임대라고 써진 종이가 붙어 있다. 땅은 그대로인데 사람이 없다. 아이가 내 옆을 지나가며, 천진하게 말한다.

"임대래! 여기 다 살 수 있는 거 아니야? 짱인데!"

배들이 바다 한가운데 떠 있다. 항구가 아닌 곳. 운이 좋다면 내일, 배는 항구로 갈 테고 그렇게 사라져 갈 오늘의 바닷가. 바다는 모른다. 떠난 이가 반드시 다시 돌아오리라는 법은 없다는 것을. 바다는 거친 질감의 부드러운 청색 캔버스, 그 위를 채울 배들은 다시 돌아올 테니까.

비가 내린다. 하늘에 먹구름이 떠 있다. 청색에 회색이 섞인다. 어제와는 다른 오늘의 바다. 바다를 보기가 무섭다. 금방이라도 울음을 터뜨릴 것 같다. 파도가 방파제에 부딪힌다. 어제는 왜 저 소리를 듣지 못했을까? 가슴이 메어온다.

어제의 바다를 보지 못했다면, 그랬다면 달랐을까?

고양이가 시끄럽게 운다. 고양이가 울던 집은 아무도 살지 않는 폐가. 할아버지는 고양이에게 물을 끼얹는다. 고양이가 사람 집을 차지하고 있어, 사람들이 돌아오지 못했으니까. 그 집에서 사람 소리 듣지 못했으니까.

공원엔 가족과 함께 나들이 나온 아이들과 산책 나온 강아지들이 있다. 주인이 던진 공을 물고 나서도 주인에게 돌아가지 않는 강아지, 주인이 자신에게 오라고 손짓해도 딴청을 피운다. 아이들은 자꾸 숨바꼭질하자고 떼쓰고 부모님들은 못 이기는 척 술래가 되어준다.

"하나, 둘, 셋, 넷……"

숫자를 세고, 버스가 들어온다.

버스가 영도대교를 건넌다. 피곤한 날, 여섯시 기차다. 창밖은 여전히 흐리고 비가 온다. 내가 떠날 때까지 비는 계속 올 것이다. 내일이나 되어야 날이 맑아질까? 하늘을 보며 점을 쳐본다. 연한 구름 사이로 햇빛이 보인다. 내일 날씨는 맑을 것 같다.

박수용

2024년 『시와정신』을 통해 등단했다. 독서교육 강의를 기획해 텍스트힙을 전하며 산다. 고등학교 국어 수업 시간에 학생들과 시를 품고 살 궁리를 하고, 모든 순간 모두가 시인 세상을 꿈꾼다.

영도를 찾는 좋은 습관

써야 할 일을 마음에 두니 모두가 영도였다. 독자 집
필진 참여, 영도 이천 자. 써야지 생각하며 펜을 들었
더니 글이 글을 불러온다. 사람은 결국 원하는 방향으
로 간다. 좋은 시인이 좋은 시인을, 좋은 시가 좋은 시
를 낳는다. 모르거나 미처 알지 못한 이의 이해를 돕기
위해, 곡진하게 제 말을 편지처럼 건네면 그 마음이 가
닿을 수 있겠지 생각하며 내 삶에 깃든 '영도'를 소환
한다.

대전에서 부산, 부산역에서 창비부산, 부산역 버스
정류장에서 흰여울문화마을 씨씨윗북까지 잰걸음으
로 왔다. 수년간 창비부산의 소식을 보고 들으면서도
부산 이외의 지역에서만 이교성 사장님을 만나 인사
했던 아쉬움을 이번 영도로 가는 여정에서 해소할 수

있었다. 사람이 사람에게, 꼭 한번 가겠다고 약속드렸던 것을 지킬 수 있어 다행이었다. 창비부산 옆 영동밀면 영동국밥의 긴긴 대기 줄을 뒤로하고 큰길로 나와 82번 버스를 탔다. 박연준 시인의 강연 '첫 문장은 글을 어디로 데려갈까?'가 진행될 흰여울문화마을 씨씨윗북에 도착했다.

씨씨윗북 서점지기는 자신을 영도에서 나고 자란 토박이라고 소개했다. 영도를 소개하며 청중에게 배경지식을 환기했다. 사적 제266호, 신석기시대 유적 '동삼동패총'은 한반도 남해안 일대 신석기시대의 생활 폐기물인 조개더미와 함께 빗살무늬토기 등이 출토된 유적이다. 이어서 조선시대까지 말 키우기 좋은 곳으로 유명했던 '절영도'에서 지명이 비롯됐다고 했다. 이 섬에서 자라난 말이 너무 빨리 달려서 말의 그림자가 끊긴다는 뜻의 '절영'이 지명의 유래라고. 그림자조차 보이지 않았던 천리마, 어디선가 곧장 준마(駿馬)가 달려나올 것 같았다.

흰여울문화마을에서 내려다보는 바다는 윤슬이 찬란하다. 그 빛의 산란 속에 크고 작은 배들이 고요하다. 가깝거나 멀리 있으면서, 떠 있지만 나아가지 않는 배, 배는 그렇게 영도 주변에 머물며, 오롯한 상태로 쉬고 있다. 정말, 배도 쉬었다 가는 바다가 영도를 안고 있었다.

흰여울문화마을에서는 바로 앞바다에 중대형 선박들이 떠 있는 이색적인 풍경을 구경할 수 있다. 부산 남항 외항의 묘박지다. 부산항에 들어오는 화물선이나 원양어선, 선박 수리나 급유를 위해 찾아오는 선박들이 닻을 내리고 잠시 머무는 곳이다. 이 바다에는 하루 평균 칠팔십 척의 배가 머물고 있으며, 일거리가 없어 장기 대기중인 빈 배도 있다고 한다. 정지해 있기 위해서도 속도가 필요한 배들은 조류의 흐름에 따라 닻을 내리고 일정한 방향으로 뱃머리를 둔다. 육지와 가까운 곳에서부터 멀리까지, 작은 배와 대형 선박이 간간이 나란하다.

시타딘커넥트 하리 부산의 객실은 바다를 향해 열려 있다. 오션뷰 호텔로 객실 커튼을 열고 침대에 누워 창밖을 바라보면, 온통 바다. 바다와 바다를 항해하는 사람들의 학교, 바다 위를 거니는 배들이 눈에 든다. 십대에 고등학교 졸업을 기념하며 친구 연미와 둘이 찾은 영도, 이십대에 우리의 잘됨을 소망하며 엄마와 동생과 나 셋이 갔던 영도, 결혼을 하고 왕래가 없던 도련님 결혼식을 축하하러 갔다가 늦은 축의금을 받았던 영도, 삼십대에는 부모가 되어 아들과 함께, 늘 좋았던 추억으로 다시 찾은 섬 영도가 떠오른다. 그리고 2024년 가을, 마흔셋의 내가 좋아하는 작가와 그의 시를 품고 찾아가는 마음 띄운 곳.

영도대교는 1934년 부산대교로 준공, 1966년 교통량 증가로 도개 중단, 1980년 1월 30일 부산대교가 개통되며 영도대교로 이름을 바꾸었다. 지금의 영도대교는 매주 토요일 낮 두시부터 십오 분 동안 교량 상판이 한쪽으로만 올라가며 바닷길이 열리는 도개교이다. 현지 주민들은 주로 영도다리라고 부르는 영도대교는 부산 최초의 연륙교이자 한국 최초의 도개교로 당대를 지나온 이들의 가슴에서 오늘도 열리는 다리로 산다.

흰여울문화마을은 부산의 대표적인 원도심 흰여울길에 있다. 영도의 봉래산 기슭에서 여러 갈래의 물줄기가 높은 절개지를 따라 바다로 굽이쳐 흐르는 모습이 마치 흰 눈이 내리고 물보라가 이는 듯 빠른 물살을 닮았다 하여 흰여울길이라 한다. 마을 재생사업 리모델링을 통해 복합문화공간으로 탈바꿈해, 현재는 부산 영도를 대표하는 여행지가 됐다. 과거 일제강점기와 한국전쟁을 겪으며 피란민들이 자연스럽게 정착하여 형성된 판자촌이었다고도 하나, 지금은 그 모습을 거의 찾아볼 수 없다.

다누비열차 운행이 종료된 저녁의 태종대도 특별하다. 저녁 여섯시부터 밤 열한시 사이에는 태종대 순환도로 출입이 가능하여 자차로 드라이브를 할 수 있다. 통행 요금 이천 원만 지불하면 자차로 편하게 태종대에 다녀올 수 있다.

기다림과 회한이 가득한 등대 언덕 태종대와 『파친코』 속 주인공 '선자'가 물질하던 감지해변, 숲이 무성한 태종대를 바다에서 제대로 감상할 수 있는 유람선 관광, 조개구이 맛집 자갈마당조개촌 나들이, 조약돌 해변 산책까지 멋, 맛, 감성 충전이 가능한 곳. 문득 일상에 벼랑이 스치는 날, 다시 영도에 가고 싶다.

박수진

길치 중 상길치. 책에서는 좀더 길을 잃고 싶은 사람. 잊고 싶지
않은 걸 쓰는 한 사람. 사십여 년 차 지구별 여행자, 삼십여 년 차
읽는 사람, 이십여 년 차 간호사.

영영 영도, 끝내 잇다

남편은 공항으로 떠나고 지금 나는 홀로 집에 남아 이 글을 쓰고 있다. 내게 주어진 운명인지 뭔지 모르겠지만 여행과 글은 혼자여야 훨씬 수월하고 알차진다. 영도는 세번째 방문이다. 처음은 혼자, 두번째는 남편과 같이, 이번은 다시 혼자다. 앞 두 번은 열차로, 마지막은 국내선 비행기를 이용했다. 짧은 비행이라도 창공에서 보는 바다를 놓칠 수는 없다. 김해공항으로 접근중인 비행기 안에서 본 부산 바다는 인천 바다와 달리 보였다. 왜일까. 부산은 저 먼 대양으로 뻗어나가 세상과 연결되는 바다 같고, 인천은 그저 육지로 수렴하는 바다 같다. 지구를 두른 푸른 물의 떠는 한몸일진대 다르게 여겨지는 건 결국 마음의 문제라고 결론짓는다. 주거지와 가까운 바다는 돌아오는 길, 남쪽의 바다는 떠나가는 길에 있기 때문이겠지. 그렇게 북에서

남으로 영도를 향해 내려왔다.

첫 영도 방문은 2015년경으로 기억한다. 그해 인생에서 제일 긴 여행으로 세계일주까지는 못하고 세계반주를 다녀왔는데 여행길에 만난 외국인 친구가 자신은 부산에서의 경험들이 좋았다고 얘기했다. 서울 토박이인 나는 다른 나라로 훌쩍 떠나기나 했지 같은 나라 부산에는 한 발자국도 들여놓은 적이 없어 무언가 민망스럽고 부끄러웠다. 그래서 귀국 후 첫 여행지는 부산이었다. 때마침 부산국제영화제 기간이었고 검색하다 흰여울문화마을도 알게 됐다. 풍광이 좋다고 바다와 갈맷길을 느껴보라고 하는 글들에서 말하는 그곳이 영도였다. 빡빡하게 여행 일정을 잡는 경향이 있는데 이때도 기장의 신생 서점을 방문하고 저녁에는 예매한 영화를 보러 센텀시티 쪽으로 돌아가야 했다. 영도까지는 버스를 이용했는데 워낙에도 길치라 물어물어 탔더니 영도행은 맞지만 돌아가는 완행버스였나보다.

다리를 건너 갈맷길 초입의 정류장에 도착하자 석양 무렵이었다. 머무를 수 있는 여유는 두 시간 남짓이었다. 버스에서 혼자 내려 언덕길에 서니 바다로 제일 먼저 눈길이 갔다. 해가 바다를 향해 서서히 내려오는 시간대라 그런지 유난히 윤슬이 곱게 빛났다. 근방은 한적했고 사람은 거의 보이지 않았다. 좁다란 길은 길게 이어졌고 왼편은 따개비같이 다닥다닥 붙어 있는 집들, 오른편은 걸음에 따라 파랬다 붉었다 서서히 어두워지는 바다밖에 없었다. 절벽 같은 계단 아래로 지도에서 봤던 갈맷길 일부가 보였다. 내려가기에는 시간이 촉박했다. 바다를 검붉게 물들일 밤의 세력이 몰려오기 전에 동네를 둘러봐야 해서 조급해졌다. 사람들은 저녁 어스름에 집으로 돌아갔고, 사물들만 자리를 지키고 있는 깊숙한 골목으로 걸음을 재게 옮겼다.

그때 바다를 향해 절반만 열려 있는 대문을 만났다. 오디오의 플레이 버튼처럼 누운 삼각형 모양 구멍이 바다를 향해 뚫린 벽으로는 바다와 하늘 사이 중앙에 놓인 배가 액자 속 그림처럼 박혀 있었다. 빨랫줄에는 빨간 고무장갑 한 쌍이 기도하듯이 하늘을 향해 서 있고 주민센터 겸 관광안내소의 유리창은 바다를 향해 한 면을 활짝 열어놓고 있었다. 안내소 안에서 바라본 풍경이 말 그대로 화보 같아 사진을 찍고 있는데 주민한 분이 지나가시며 화룡점정을 만들어주었다. 마침

안으로 들어오신 그분은 외지인이 늦은 시간에 왜 여기까지 왔는지 궁금해하셨다. 찍힌 사진을 전해드리며 자연스럽게 대화가 시작됐다. 중고상을 하신다는 조씨 아저씨는 사진을 고마워하며 함께 저녁식사를 권했지만 일정이 있어 후일을 기약했다. 영도 하면 지금도 혼자 온 방문객에게 호의로 다가와준 아저씨가 가장 큰 기억으로 남아 있다. 압축해서 말하면 내 첫 영도는 한 사람으로 상징되는 하나의 점일지도 모른다.

비록 몇 시간에 불과했던 한 점 추억이지만 그 덕에 남편에게도 영도를 알려주고 싶었다. 하지만 주말 연휴 기간의 흰여울마을은 예전에 알던 곳이 아니었다. 십 년이면 금수강산도 변한다더니 열에서 한 해 모자랐건만 골목마다 어찌 그리 빼곡하게 관광객이 들어찼는지, 사람들의 파도 가운데에서 서울서 알고 지내는 지인을 만날 정도였다. 골목 사이사이는 주민들의 집보다 카페가 많아 보였고 보행로는 온갖 잡동사니를 취급하는 거대한 잡화점으로 변해 있었다. 그간 많이 알려져 번잡할 것을 예상은 했지만 이 정도는 아니었다. 고즈넉한 골목 동네를 소개하려 했는데 북적이는 바다 전망 카페에 간신히 자리를 잡고 차 한잔 서둘러

마시고 도망치듯 돌아서면서 예전에는 이렇지 않았어, 라고 변명만 주워섬겼다. 나만 알고 있던 인디 그룹이 갑자기 만인의 연예인이 된 기분이 이런 것일까. 긴 금을 긋고 마을 사람들은 금 안에 숨고 금 밖에는 관광객을 상대하는 상인들만 나와 있는 듯해 씁쓸해졌다. 한때 금 안에 살짝 머물렀는데 오랜만에 들렀다고 쫓겨난 기분 같달까. 두 편으로 나눠서 '우리집에 왜 왔니' 놀이를 하는데 내 편이 모두 상대로 넘어가고 나만 남아 있는 듯한 서러운 마음, 이제는 내가 영도에 혼자 남겨진 점이 된 듯했다. 변한 연인을 보듯 서운한 마음이 들었지만 여전히 첫 만남이 강렬했기에 평일 영도에 다시금 홀로, 세번째로 다다랐다. 그래, 인생은 석삼이다.

세번째가 돼서야 왜 영도는 영도인가 궁금해졌다. 과거 삼국시대부터 영도는 말을 키우기 좋은 환경으로 알려졌고 여기서 자란 말은 그림자(影)도 떨쳐낼(絶) 만큼 뜀박질 실력이 월등했다고 한다. 그렇게 명명된 '절영도'가 행정구역명의 편의를 위해 앞글자, '절'이 삭제되어 영도가 되었다. 그렇다면 이 섬은 그림자 섬이 된 것일까? 선사시대 유적도 나오는데다 부산의 첫

거주민들이 살았던 장소가 본체 없는 그림자 정도밖에 아닌 위치인 걸까. 아니면 0도의 온도를 지닌 섬, 기울기가 0인 섬? 산동네처럼 높게 집들이 올라간 피란민들의 섬이니 각도는 90도라면 90도지 평지를 뜻하는 영 도는 아닐 테고, 적어도 내겐 얼음이 어는 온도만큼 차갑지 않았고, 그럼 역시 그림자 섬인가. 아, 영도의 뜻을 밝히는 것으로 이번 여행의 목적을 정하면 되겠다.

머물 방의 번호는 1407호. 한낮에 찾은 흰여울마을은 외국인 관광객들이 몇 무리 보이는 정도여서 이전처럼 어수선한 장터의 모양새는 아니었다. 바닷빛도, 반만 열린 대문도, 벽에 난 누운 삼각형 모양도 여전했다. 한동안 노래를 듣지 않았다는 생각에 삼각형을 플레이 버튼으로 여기고 허공을 눌러봤다. 일시정지됐던 음악이 재생되며 마음으로 흐르는 기분과 첫 추억을 다시 만난 기쁨을 품고, 하리항으로 난 객실 창으로 두 어선이 호를 그리며 드나드는 모양을 본다. 서로의 궤적이 스칠 때 갈매기 울음이 들린다. 순간 창밖흰 건물의 유리가 빛살에 찰박찰박 반짝인다. 바람에출렁이는 물결이 빛과 함께 펄럭인다. 안녕, 하고 손

을 흔드는 듯하다. 만나자마자 헤어질 날이 아쉬워서
인지 '반가워'보다 '또 보자, 우리'라는 말이 먼저 나온
다. 하나와 하나였다 우리라는 말로 묶여버린다. 다음
을 기약하면 나와 너 사이에 '와'라는 다리가 생긴다.
영도대교처럼. 홀로 있는 등대들이 점점이 너른 바다
를 건너는 디딤돌이 되듯이.

이른 저녁식사를 하러 근처 유명한 돈가스집, 대디
돈스텍을 방문한다. 브레이크 타임 후 첫 손님이다. 창
밖 전신주 사이로 처음 영도에 왔던 시간의 하늘이 펼
쳐지고 있다. 조씨 아저씨도 이 시간쯤 만났는데 식사
는 하셨을까. 이제는 정말로 할아버지가 되셨겠지. 평
소라면 풍경을 방해하는 전깃줄이 꼴 보기 싫었을 텐
데 전신주를 이어주는 전깃줄이란 생각에 밉지가 않
다. 전신주에게 있어 전깃줄은 '와'와 '다리'에 해당하
는 매개체다. 섬은 점이다. 내가 섬의 정서를 좋아하는
이유는 아무래도 그 고립감, 독고다이 정신이 아닐까
싶다. 오대륙은 본래 하나였다지. 지각변동으로 주위
에 연결된 모두가 깎여나가 떨어져도 꼿꼿이 남은 그
오롯함에 반한 게 아닌가 싶은데. 반대로 생각하니 무
엇과도 이어질 가능성을 품었기에 더 끌리는 게 아닌

가 한다. 별도 반짝, 그 점들을 이으면 별자리라는 멋진 선의 이야기가 만들어진다. 하늘에서 바다를 내려다보면 섬이 별의 자리를 대신하지 않을까.

　소화도 시킬 겸 항구 근처 등대를 향해 걷는다. 마을에서 새어나오는 빛을 제외하고 어느새 사방은 깜깜하다. 산책로는 양쪽이 흑백으로 나뉜다. 달도 항구 편 아파트 방향으로만 살이 올랐다. 중심을 맞추려고 눈길을 먼바다로 기울인다. 바람결에 짠내가 밀려온다. 뒤늦게 반달이 인공적인 빛과 칠흑 바다 사이 솟은 산 위에 몸을 누인다. 달이 누운 산을 품은 섬은 중립지대가 된다. 혼자인 적 있어본 섬. 그래서 어둠 속 외로움을 아는 섬. 그림자조차 안 보이는 무영의 존재들에게 자리를 내주는 섬. 그림자를 끊어냈다가 이제는 아예 그림자가 된 섬. 그림자는 빛 곁에 머무는 존재. 빛이 환할 때 더 진해지는 존재. 사람은 봄여름가을겨울 사계절을 만나보라 하던데 영도는 그림자가 진할 때, 옅을 때, 없을 때 하루의 모든 순간을 겪어봐야 하는 곳이었구나. 한때는 점이었다가 때로는 이어진 선이고 가끔씩은 면이 되기도 하는 장소의 면면을 만나기 위해서라도.

객실에 들어서니 어둠 가운데서도 고기잡이배의 불빛이, 등대의 번쩍거림이 다 드러나 보였다. 일출도 보리라, 알람을 맞추고 잠을 청했으나 새벽은 내가 제어할 수 있는 시간이 아니었다. 일어나서 제일 먼저 본건 바다 위 기름띠 무지개였다. 밤 산책길에도 휘발유 냄새가 나더니 어선에서 흘러나온 기름이었나, 빛과 만나 영롱했다. 사진으로 남길까 말까 주저하는데 배한 척이 물살을 가르며 둥그런 물결을 일으키니 무지갯빛은 사라졌다. 만남은 찰나였다. 마침 이날은 영도다리축제가 있는 날이라 다양한 행사가 열린다는 정보를 입수했다. 하지만 축제 직전에 빠져나가기로 한다. 축제의 여운 아래 뒷날의 도모나 직전의 술렁임만 누리고 본편의 열정은 내 것이 아니라고 생각한다. 여행의 보물 같은 순간은 특별한 날의 뻔한 광채보다 일상속 작은 볕뉘 아래에서 발견하는 경우가 많다. 마찬가지로 영도의 여행 적기는 축제보다는 평일 해질녘 이후이다. 혹시 영도대교 도개식을 하면서 섬에서 못 나가게 될까 염려했으나 영도에는 두 개의 다리가 있었다. 리셉션 직원에게 부산대교 쪽은 통행이 가능하다는 답변을 받았다. 영도는 점이 아니라 끝내 선이었다.

혼자여야만 제대로 꽉 찬 여행이 되는 이 징크스를 깰 수 있을까, 남편에게 다음에는 영도에서 아예 묵자고 말해야겠다. 관광객이 가득한 주말 낮의 영도는 진짜가 아니라고, 저녁과 밤의 빨갛고 까만 하늘과 파도를 만나야 한다고, 달빛 샤워도 한바탕 해야 한다고. 파도에 실려오는 저 너머 말울음 소리와 위로 위로 올라가야만 했던 전쟁통의 사람들 이야기도 듣고 이번에 못 간 조내기고구마 역사기념관도 가봐야 진짜라고. 양파 같은 영도와의 밀당은 얼마나 더 지속될까. 아니 양파가 아니라 고구마라고? 그럼 내가 사이다가 되어 줘야겠구나. 함께 볼 영도의 일출을 남겨두길 잘했다.

박정선

앤솔러지 에세이 『#낮워킹맘』을 출간했고, 2024년 제42회 마로니에 여성 백일장에서 입선했다. 누군가의 흔적을 관찰하며, 일상과 잊힌 시간을 기록하고 있다.

그때는 바다가 얼마나 아름다웠던가

여행자의 시선으로 그곳을 바라보면 그저 아름답다 말하겠다. 햇빛은 바다 위에서 잘게 부서지고, 사람들은 조금 들뜬 마음으로 평소엔 오르지 않을 골목을 오르내린다. 부산 영도의 흰여울길. 이곳은 내가 부산 여행을 계획할 때마다 빠뜨리지 않고 찾는 장소였다. 골목을 걷는 것 자체만으로도 예쁘고 매력이 넘친다. 누군가는 한국의 산토리니라고도 말했다. 하지만 흰여울길을 자주 찾을수록 나는 그곳에 살고 있는 사람들을 생각하게 된다. 그들에게도 이 풍경은 늘 아름답게 느껴질까. 매일 마주하는 바다와 골목을 채우는 여행자들의 웃음은 그들의 하루에 어떤 의미로 남을까.

부산 영도는 그곳 사람들에게 섬이라고 불린다고 했다. 부산역에서 508번 버스를 타고 영도대교를 지나

오면서도 나는 이곳이 예전에 섬이었다는 사실을 미처 떠올리지 못했다. 흰여울문화마을에 도착해 누군가의 설명을 듣고서야 휴대전화 지도를 켰다. 부산의 아래쪽에 작은 혹처럼 붙어 있는 땅, 그곳이 영도였다. 그때부터였다. 그후로 흰여울길에 사는 사람들의 외로움이 조금씩 보이곤 했는데 이상하리만치 그런 것만 보였다. 바다보다 골목이 먼저 눈에 들어왔다. 아무래도 이곳이 인구 소멸 1위 동네라는 말에, 이제는 노인과 바다뿐이라는 말에 슬픔이 배인 탓일 게다. 그 슬픔과 대치되는 밝은 웃음이 이곳엔 존재한다. 바로 여행객들의 웃음. 한국전쟁 때 피란민들이 터를 잡아 생긴 좁은 골목과 숨기 좋은 하꼬방을 여행객들은 미로 찾기 게임이라도 하듯 신나게 다녔다. 나 역시 그 자취를 따라 걸었다. 어떤 집 창문에 붙은 '목소리 좀 낮추세요'라는 글씨가 머릿속을 지나다녔다. 부탁이나 동의를 구할 수 있는 말에 '좀'을 붙여 어지간히 참아왔음을 표현하는 것이, 어디에도 의지할 곳 없이 여전히 섬에서 홀로 싸우는 외로운 투쟁 같았다. "사진 좀 부탁해도 될까요?" "네. 그럼요. 하나둘셋, 찍습니다." "여기요." "감사합니다. 좋은 여행 되세요." 여러 말들이 오간다. 옥상이 훤히 내다보이는 곳에는 빨랫줄이 보였다. 빨랫줄에는 축 늘어진 러닝셔츠 하나와 색 바랜 트렁크 팬티가 걸려 있었다. 저곳엔 할아버지 한 분이 살고 계시구나 짐작할 수 있었다. 그런 곳도 사람들의 사진 속엔 풍경이 된다. 그곳에 살고 있을 누군가를 향해 나는 연민을 느꼈다. 감정은 자꾸만 아까 봤던 늘어진 러닝처럼 축축하고 무겁게 내려앉았다. 이제 층층이 난 가파르고 폭 좁은 계단은 재밌기는커녕, 성인들이 오르내리기에도 아슬아슬해 보였다.

나는 어쩌면 사실과 다른 오해를 키우고 있는 것일 수도 있다. 이곳이 섬이었다 해서, 끄트머리에 있는 사람들의 불안함을 알아서, 행복해도 불안함에 눈물이 먼저 나오는 사람이라서 반짝이는 윤슬에도 눈이 베일 것 같았다. 동네를 좀더 걷다가 다다른 독립서점은 문이 굳게 닫혀 있었다. 휴대전화로 확인해 보니 폐업한 상태였다. 이곳은 유진목 시인님이 운영하시던 곳이었다. 몇 년 전 겨울, 흰여울길에 혼자 여행 왔을 때 이 서점에서 따뜻한 글뤼바인을 마시며 외로움을 견뎠다. 서점 내부의 좁은 계단을 올라가 이층 창가에 자리잡았던 나를 떠올렸다. 그때는 바다가 얼마나 아름다웠던가. 골목을 유유히 걸어다니며 웃는 사람들, 유리창에 비치던 노을, 낯선 도시에서의 짧은 안도감을 느끼던 때. 하지만 이제는 사람과 사물이 사라진 횅한 모습이 내 눈 앞에 있다. 그곳에서 먹이를 얻어먹던 고양이들은 여전히 서점을 찾아올까? 해질녘의 노을은 아련하게 물들고 있었다.

시간이 한참 지났다. 바다에 정박해 있던 해도 이제는 사라져버리고 동네는 어두워졌다. 돌아다니는 사람들은 보이지 않았고 가게들도 불빛을 거두었다. 고요가 찾아왔고 이제 이곳에 사는 사람들만 집에 불을 밝힌다. 여행자인 나도 이제 골목을 벗어나 버스정류장으로 발길을 옮겼다. 그리고 마지막으로 오래된 건물 하나를 바라본다. 흰여울문화마을 맞은편에 있는 Y아파트. 군데군데 콘크리트와 창문이 뜯기고 철이 부식되어 있는 모습에 내부는 어떠할지 상상하기 어려웠다. 아파트 입구 쪽엔 쇠파이프로 계단을 막고 철조망으로 세상을 차단한 채 선명한 노란색 표지판만 우뚝하다. 적나라한 빨간색 글씨로 적혀 있는 '구조안전 위험시설물 알림'엔 아파트 거주자와 방문 목적 외 출입을 금지한다는 내용이 있다. 내용의 심각성이 어쩐지 떼어내지 못한 혹처럼 아슬아슬하다. 한때 이 건물은 사진 출사지로 알려졌던 모양이다. 빈집이 많았기 때문인지 인터넷에는 아파트 내부로 들어가 찍은 사진들이 적지 않게 올라와 있었다. 낡은 벽, 깨진 창문, 빛이 스며든 계단의 그림자, 아파트 복도에 위치한 공용화장실 등. 사진은 구도도 좋고 색도 아름다웠다. 그런데 이상하게 마음이 편하지는 않았다. 그나마 흰여울길 골목에는 군데군데 불빛이 남아 있었지만 이곳은 유난히 어두웠다. 멀리서 바라봐도 많은 사람들이 떠나간 흔적이 눈에 보였다. 그럼에도 어떤 창문엔 작은 화분이 보였고, 어디선가는 희미한 불빛이 새어나왔다. 이곳이 낡았다는 사실보다 이곳에도 여전히 삶이 있다는 사실이 더 크게 다가왔다.

나는 한동안 그 앞에 서서 아파트와 바다를 번갈아 바라보았다. 바다는 여전히 반짝이고, 누군가는 이 풍경을 사진으로 남기고, 누군가는 이 풍경 속에서 오늘을 보낼 것이다. 영도의 아름다운 바다와 오래된 집들은 서로 다른 속도로 같은 시간을 살고 있었다. 그 공존이 이 도시의 또다른 얼굴처럼 느껴졌다.

박현정

평범한 삶을 꿈꾸는 직장인. 솔직하게 말하기가 어려워서 솔직하게 쓰기로 다짐했다. 앤솔러지 『누가 뭐래도, 내 인생은 내가 만든다』『챗지피티 시대의 고민 상담』에 글을 실었다.

나한테는 엄마가 그림자였어

엄마, 잘 지내? 나는 지금 영도라는 곳에 와 있어. 부산에 있는 작은 섬인데, 엄마도 와본 적 있으려나? 내가 좋아하는 시인님이 영도에 있는 동네서점에서 글쓰기 강연을 하신대서 강연도 들을 겸 여행도 할 겸 한번 들러봤어. 강연 하나 듣자고 여기까지 날아오다니, 나 글쓰기에 꽤나 진심이지?

강연 전에 서점 직원분이 잠깐 영도를 소개해주셨어. 영도의 원래 이름은 '절영도'였대. 옛날에 영도는 말 목장으로 유명했는데 그곳에서 자란 말들이 워낙 빨리 달려서 그림자가 따라오지 못할 정도였다더라고. 그 말들을 '끊을 절(絶)'에 '그림자 영(影)'을 써서 '절영마'라고 불렀고 이름이 유래된 거지. 이야기를 듣고 나니까 어쩐지 여기가 더 마음에 들더라. 사실 나는 요즘 그림자를 떼어내는 방법을 매일 고민하고 있었거든.

엄마는 내가 글을 쓰는 사람이 될 거라고 생각해본 적이 있어? 나는 상상도 못했어. 쓰기는커녕 읽기도 하지 않던 내가 어느 날 갑자기 글을 쓰기 시작했으니, 참 희한한 일이지? 그러고 보니 엄마는 내가 쓴 글을 제대로 읽어본 적이 없겠다. 엄마가 죽고 나서야 나는 정말로 쓰는 사람이 되었으니 말이야.

엄마에게 처음으로 내가 쓴 글을 넘겨줬던 때가 생각나. 병원이었지. 그때 엄마는 죽음을 입고 있었어. 마른 생선 비늘같이 버석거리는 피부가 앙상한 뼈를 감싸고 있었고, 복수로 가득찬 배만 불뚝 솟아 있었지. 눈을 텅 비워버린 채 무심히 앉아 있던 엄마 앞에 내가 제본한 책 한 권을 두고 나왔었잖아. 출간 준비중이던 내 원고 말이야. 이제 와 고백하자면 그 책에는 엄마를 향한 원망과 분노뿐이었어. 엄마가 죽기 전에 한 번은 그렇게 해야 한다고 생각했어. 당신 때문에 내가 받은 상처가 이만큼이라고, 그 상처는 어른이 된 지금까지도 나를 쥐고 흔든다고, 소리치고 싶었어. 그러면 용

서할 수 있을 것 같았어. 엄마를 위해서가 아니라 앞으로 살아갈 나를 위해서. 그런데 뒤돌아 병실을 벗어나자마자 후회했던 것 같아. 엄마가 그 글을 읽지 않기를 바랐어. 이제 엄마에게 그 글을 읽어봤느냐고 물을 수도 없지만 읽지 않았을 거라고 믿으려고. 이것도 엄마를 위해서가 아니라 나를 위해서.

나한테는 엄마가 그림자였어. 내 발밑에 들러붙어서는 떼어내려야 절대 떼어낼 수 없는, 있는 줄도 모르고 살다보면 어느 날 한 번씩 나를 집어삼키는 그런 그림자. 그림자는 언제나 내 등뒤를 노렸어. 내가 그림자의 존재를 잊고 자유를 느끼기 시작하면 그 순간 나타나 내 뒤통수를 내리쳤지. 꺾인 고개로 바닥을 내려다보면 둥그런 검은 접시 위에 서 있는 내가 보였어. 수직으로 깊게 파인 구덩이 위에 떠 있는 것처럼 발 아래로는 칠흑 같은 검정이 보였어. 그러고 나면 나는 결국 검은 손길이 이끄는 대로 따라갈 수밖에 없었던 것 같아. 그럴 때면 생각했지. 내가 그림자의 그림자 같다고. 나는 그저 그림자의 리드에 맞춰 왈츠를 추고 있을 뿐이라고.

글을 쓸 때도 비슷했어. 그림자에서 태어난 나는 그리고 내 글은 항상 그림자를 좇았어. 어떤 글감을 마주해도 엄마가 떠올랐고 엄마에게 받은 상처를 토해내고 싶을 때만 노트북을 켰어. 읽는 사람들은 좋아하더라. 어떻게 하면 이렇게까지 솔직하게 쓸 수 있냐고 나에게 물어. 그런데 엄마, 나는 그 말에 마땅한 답을 여전히 못 찾겠어. 나는 내 그림자가 아니면 글을 쓸 수가 없다고, 다른 이야기가 내 안에는 없다고, 솔직하게 대답하질 못하겠어.

최근 들어 내가 가진 이야기가 바닥났다는 생각을 자주 해. 엄마는 죽어버렸고, 나에게 더이상 상처를 주지 않잖아. 꿈에도 찾아오지 않고 어떤 흔적도 남기지 않은 채 가버렸잖아. 나는 엄마가 살아 있던 지난 시간을 자꾸만 헤집으면서 죽도록 미워하다가, 이해해보려고 애쓰다가, 포기하고 다시 또 분노하다가, 예기치 않게 튀어나오는 사랑을 맞닥뜨리곤 주저앉아 무릎을 감싸쥐고 마는데, 그러는 동안에도 엄마는 그냥 내 두 발 밑에 검게 자리잡고 있을 뿐이잖아. 마치 너는 나를 밟지 않고서는 아무것도 할 수 없다고 말하는 듯이. 아무 말도 하지 않고, 내 머리를 쓰다듬어주지도 않고 그냥 그렇게 차갑게.

엄마, 나는 얼마나 더 많은 그림자를 맞닥뜨려야 이별할 수 있는 걸까? 아니 애초에 이별이 가능하기나 한 걸까? 만약 그림자를 떼어내는 데 성공하게 된다면 나는 더이상 글을 쓸 수 없게 되어버리는 건 아닐까? 엄마가 내게 남겨준 유일한 유산이 내가 글을 쓰게 한 일이라고 생각했는데, 이마저도 사라져버릴까봐 너무 두려워. 글을 쓰면서 처음으로 나를 사랑하는 법을 배웠는데, 겨우 상처받은 내 지난날을 보듬어줄 수 있게 됐는데, 다시 그 힘을 잃게 될까봐 무서워.

엄마, 영도를 떠난 절영마들은 그림자가 사라진 자리를 보고 어떤 생각을 했을까? 후련했을까 아니면 허전했을까? 그 말들은 그림자를 찾으러 다시 영도에 돌아왔을까?

배수아

야근비를 책값으로 탕진하는 십오 년 차 직장인. 동명이인의 소설가로 착각한 사람들로부터 DM을 받거나 태그당할 때마다 언젠가 이름값 하는 글을 쓰고 싶다는 상상을 한다.

날이 매일 좋으면 안 된다는 말처럼

깎아지른 듯한 절벽의 아기자기한 가게들. 좁다란 골목에 빈틈없이 쏟아지는 햇살. 달뜬 얼굴로 거리를 메운 사람들. 하얀 담장의 알록달록한 그림. 너머의 푸른 바다. 흰여울문화마을은 빛나는 것들로 가득차 있었다. 십여 년 전 영도에 왔을 때는 여길 왜 안 왔지. 물어볼 일행이 없었다. 혼자 왔다는 게 아쉬워졌다. 눈에 담은 것들이 마음으로 옮겨지기를 바랐다.

숙소 바로 앞은 하리항이었다. 짐을 풀고 밖으로 나왔다. 한낮의 빛은 구름에 밀려나 있었다. 해가 지려면 두어 시간이 남아 있었다. 선선한 바람이 항구로부터 불어왔다. 낮은 여름이더니 저녁은 가을이었다. 발걸음이 태종대에 가려고 했던 계획을 멋대로 수정했다.

하리항 근처를 하릴없이 계속 걸었다. 습기와 짠기를 머금은 바닷바람을 풍성하게 맞았다. 온몸을 휘감는 바람을 구석구석 느끼고 싶었다. 머리끈을 풀었다. 머리칼이 사방으로 휘날리면서 눈을 가렸다. 하루종일 긴장했던 머릿속에 바닷바람이 파고들자 소름이 돋았다. 손을 머릿속에 집어넣어 만져보니 매끄럽고 차가웠다. 두피란 언제나 뜨겁고 기름진 것인 줄만 알았는데. 놓인 공간에 따라서 달라지는 건 마음뿐 아니라 몸도 마찬가지였다. 어쩌면 몸이 달라져서 마음도 바뀌는 것일지도 몰랐다.

탁 트인 수평선 아래로 파랗게 일렁이는 물결, 그 결을 헤집는 햇살은 윤슬이 되어 눈부시게 빛났다. 평소의 내게 익숙한 빛이란 주로 크고 작은 화면들이 뿜어내는 것들이다. 시간의 흐름이나 계절의 변화를 놓치는 것도, 이렇게 마주치는 자연의 빛들이 더 아름답게 느껴지는 것도 그 때문일지 모른다. 보이는 만큼 아름다움을 간직하고 싶어서 사진을 찍고 떠오르는 단어를 적었다. 어떠한 방법으로도 온전히 담을 수 없다는 걸 알면서도. 결과가 예상되어도 포기하지 못하는 마음이 있다.

항구 한 바퀴를 돌아 방파제에 도착했다. 하얀 등대를 마주보면 왼쪽에는 나무 덱으로 잘 정비된 산책길이, 오른쪽에는 테트라포드가 있었다. 몇몇 사람들이 낚시를 하고 있었다.

거긴 위험해서 올라가면 안 된다고요.

속으로 말을 걸었다. 뒷모습을 보이고 있는 그들에게 소리내어 말을 거는 게 더 위험할지 몰랐다. 혹시라도 뒤돌아보다가 미끄러질수도 있으니까. 꼬리 끝이 꺾인 노란 고양이가 불쑥 낚시꾼들과 나 사이 돌담에 올라섰다. 낚시꾼들에게 고기를 얻어먹으려는 눈치였다.

어미가 뱃속에 품고 있을 때 잘 먹지 못하면 꼬리가 짤다란 새끼가 나온다던데, 세상에 나와서는 어떠니. 배곯지 않는 삶이 되면 좋겠어. 앞에 있는 사람들은 낚시 솜씨가 영 별로야. 다른 사람을 찾아보자.

고양이에게도 마음으로 말을 건넸다. 전해졌는지

몰라도 돌담에서 뛰어내린 고양이는 산책길을 따라 배가 정박한 곳으로 계단을 내려갔다. 정박지에는 고기잡이 배들이 여럿 있었다. 영원이라는 글씨가 새겨진 낡은 배 앞에 고양이는 당당하게 자리를 잡았다. 그 모습이 마치 집을 지키는 마당개 같아서 나도 모르게 웃음이 났다.

배 앞 바닥에 앉아 그물을 손질하던 할머니가 고양이에게 작은 생선들을 던져주었다.

고기 얻어무러 온 기다.

할머니는 가짓빛 피부 사이로 새하얀 이를 드러냈다. 말하는 사이에 한 번씩 혀로 앞니를 훑었다. 뭉개지는 발음마저 깨끗해지진 않았다. 여름에 세상을 떠난 우리 외할머니의 음성과 무척 비슷했다. 슬그머니 얼룩덜룩한 짙은 초록색의 그물 무더기 앞에 쪼그려 앉았다. 할머니는 가위로 그물 어딘가를 똑똑 자른 후, 갈고리가 달린 대바늘 같은 것으로 만지작거리며 깁는 동작을 반복했다.

커다란 뜨개질을 하는 것처럼 보여요.

어장 수리 이거 아무나 못 하는 기다.

그물을 어장이라고 하나봐요.

젊은 아들은 수리할지도 모르고 힘드니까 어장 열 개씩 사서 고기 잡는다.

어장 값이 많이 드는 만큼 고기도 많이 잡아야겠네요.

글체. 우리 같은 노부부나 어장 수리해서 쓰고, 일도 쪼매만 하는기라.

할머니는 내가 몰랐던 정보들을 이어 말했다. 보통 어장은 한 달을 채 쓰지 못하고 수리하거나 새로 사야 된다는 것, 어장 하나에 이십만 원 가량, 기름값은 한 달에 백만 원. 고기잡이 배는 면허까지 포함해서 억소리가 난다고 했다. 생각보다 유지비가 많이 드네요, 하고 답하자 할머니는 뱃사람들 중에 부자 없다고 하면서 필요한 만큼만 벌면 된다고 말했다. 가능한 많이 벌고, 늘어난 수입만큼 새로운 필요를 창조해내는 삶을 살면서는 할 수 없는 대답이었다.

시선은 그물에 고정된 채였지만 할머니의 입은 웃고 있었다. 그 입에서 더 나올 이야기가 궁금해서 나는 아예 바닥에 철푸덕 앉아버렸다. 까슬한 모래가 허벅지에 달라붙었다. 털어내는 손 밑으로 벌레 같은 게 스쳤다. 자세히 보니 지네처럼 생긴 무언가였다. 뭔지는 몰라도 독을 품은 것같이 생겼다. 반사적으로 악 소리를 질렀다.

괘안타. 갯강구다.
예? 개깡구요? 그게 뭔데요?
새우같은 기다. 사람 안 문다. 착하다.
지네나 바퀴벌레같이 생겼는걸요.

내가 울상으로 얘는 이름도 못생겼네요, 하자 할머니는 이를 더 드러낸 뒤에야 영도에는 왜 왔는지 물었다. 혼자 여행을 왔다고 했다. 할머니는 자기가 이래봬도 소싯적에 여행을 많이 다녔다고 전국 방방곡곡 모르는 동네가 없다고 했다. 그럼 영도에서 어딜 가면 좋아요? 물으니 지금은 여행을 도통 가지 않는다는 빗나간 대답이 돌아왔다. 질문과 상관없이 하고 싶은 이야기를 하는 할머니의 엉뚱함이 좋았다. 요즘은 여행 왜 안 가시느냐는 질문에는 특별한 걸 찾아다닐 필요가 없다는 말이 돌아왔다. 이번에는 제대로 된 대답 같았다. 내가 반만 이해한 느낌은 별개였다.

'영원'을 등진 할머니 뒷편으로 동삼이라는 이름의
배 하나가 더 정박지로 들어오고 있었다. 배에 탄 남자
두 명이 차례로 할머니에게 인사를 건넸다. 안녕하세
요의 억양이 각자 달랐다. 할머니는 선원들 중에는 젊
은 한국 남자는 선주뿐이며 고용된 사람들은 거의 다
외국인이라고 했다. 얼굴이 하얀 나라 사람들일수록
연락도 없이 잘 도망간다면서 할머니가 배시시 웃으며
덧붙였다.

국산은 비싸서 못 쓴데이.

내가 큰 소리로 웃자 배불리 먹은 고양이가 눈을 가
늘게 떴다. 할머니의 그물 손질도 내가 들어야 할 이야
기도 끝이 나지 않았는데 빗방울이 한두 개씩 떨어졌
다. 후드득 쏟아질 것 같기도 했고 아닌 것 같기도 했
다. 바닷가 날씨를 예측하기에는 나는 아는 게 아무것
도 없었다. 할머니는 이삼 일 뒤쯤 태풍이 올 거라고
했다. 오늘내일중으로 그물을 손질해두고 태풍이 오면
쉴 것이라고 덧붙였다.

태풍이 휴가네요.

맞다. 뱃사람들은 주말이 음따.

태풍 때문에 피해 입으면 어떡해요.

가을 태풍 무섭지. 무서버도 와야 된다. 날씨도 한 번씩 궂어주고 해야 고기 자리도 바끼고 하는기지, 날이 매일 좋으면 고기가 몬 산다. 비도 와야 되고, 태풍도 와야 되고, 좋은 날도 있어야 되는 기라.

매일같이 바다에 몸을 던져 일한 사람만이 할 수 있는 말이었다. 어떤 말은 듣는 순간 삶이 제멋대로 나를 고통의 질곡에 처박을 때 동아줄이 될 것을 예감한다. 날이 매일 좋으면 안 된다는 말처럼.

어느덧 할머니는 그물을 정리하고 자리를 뜰 채비를 했다. 여전히 헝클어진 부분이 남아 있었지만 그는 개의치 않았다. 엉거주춤 나도 돌아갈 준비를 하며 일어섰다. 오래 앉아 있느라 접혀 있던 다리에 피가 쏠리며 저릿해졌다. 바지에 묻은 먼지를 털고 가방을 메자 할머니가 말했다.

집에 가자.

각자 자신의 집으로 돌아가자는 말인 걸 알면서도
그의 청유가 좋아서 따라 말했다.

네 집에 가요.

3부 　　　　마음이 가난하면 바다가 보고 싶다

서봄

노을이 아름다운 섬에 사는 평화주의자. 도서관을 사랑하고 책상에 수북이 쌓인 책을 흠모한다. 마음을 평온히 하고 싶을 때는 알록달록한 실들을 한껏 펼쳐놓고 천 위에 수를 놓는다. 세 아들을 포함해 남자 넷과 살며 늘 우아한 인생을 꿈꾼다.

살아 있다면 영도다리에서 만나자

남포동에서 영도대교를 건너면 깡깡이마을이 있다. 그곳은 아주머니들이 선박을 수리하기 위해 배의 표면을 두들기던 깡깡 소리가 멈추지 않던 곳. 영도대교 밑으로 오가는 배들이 잠시 쉬어가며 자신의 몸을 고치던 곳이다. 지금은 들려오지 않는다던 깡깡 소리가 어쩌면 오늘은 내 귓가에 들릴지 몰라, 생각하며 부두에 묶인 배들을 지나쳐 걸었다.

마을로 향하는 동안 아이가 된 나를 떠올려본다. 아이는 아빠 일터에 앉아 깡깡 깡깡 소리내며 박자를 맞추어 춤추는 망치를 본다. 붉게 달아오른 쇳덩이는 망치질에 맞추어 호미가 되기도 칼날이 되기도 할 것이다. 이번엔 망치 대신 메다. 한번에 내리꽂는 메질 소리는 그것과 다르다. 그것은 망치 소리처럼 가볍지 않다. 어깨 위로 높이 솟았다가 허공을 가르며 내려와 다른 쇠와 부딪치는 그 소리는 심장을 쿵 하고 내려앉게 하는 소리다. 어깨에 힘이 빠지는 소리다. 쇠를 납작하게 하는 소리다. 마음을 그 위에 올려놓는다면 어쩌면 복잡한 내 마음도 평평해질지 모른다고 생각하며 이제 어른이 된 그 아이는 깡깡이마을에 들어섰다.

나는 유년 시절에 항상 귓가를 맴돌았던 그 소리를 이곳에서 듣고 싶었다. 충청도의 시골 마을에서 들었던 아빠의 용접 소리, 쇠 자르는 소리, 망치질 소리, 메질 소리가 어쩌면 이곳에 남아 있을지도 모른다는 생각에 설레기까지 했던 마음. 하지만 주말이라 굳게 닫힌 셔터와 그 위의 간판, 밖에 놓인 작은 오토바이와 트럭, 미처 안으로 들이지 못한 기다란 철근, 배의 크기를 짐작조차 할 수 없는 닻, 붉게 녹슨 쇠줄더미만이 이곳이 무슨 일을 하는 곳인지 짐작하게 했다. 덩그렇게 자리를 지키고 있는 그것들 사이를 헤매다가 불이 켜진 가게를 만났다. 가게 안쪽에는 머리 희끗한 노인이 작은 불을 켜놓고 작업을 하고 있었다. 깡깡 소리는 나지 않았지만 가만히 앉아 일하는 노인의 손끝에서, 작은 불빛에서, 새카만 어둠 가운데서 불빛을 받아 더욱 빛나는 흰 머리카락에서 나는 왜 아빠를 느꼈을까. 아빠가 살아 계셨다면 꼭 이런 모습일 것만 같아서였을까. 그의 얼굴에 아빠의 얼굴이 포개어졌다. 어릴 적 공장에서 들려오던 아빠의 망치질 소리, 붉게 달아오른 쇠가 찬물과 만나 격하게 식으면서 내는 소리가 노인의 가게 앞에 서 있는 내 귓가에 들렸다. 이 공간에는 존재하지 않는 소리, 하지만 내 귓가에만 존재하는 소리였다.

칠십 년의 세월을 거슬러 그 시절의 영도에 도착하면 영도다리 난간에는 전국에서 모여든 피란민들이 붙여놓은 벽보가 보인다.

'사람을 찾습니다.'

전쟁으로 뿔뿔이 흩어진 사람들이 쫓기고 쫓겨 부산까지 내려와 터를 잡고 판잣집에 살았다. 가족의 생사도 모르는 채로, 그저 살아만 있어 달라 애원하며 벽보를 붙였을 것이다. 살아 있다면 영도다리에서 만나자, 하지도 않은 약속에 기대어 희망을 품고 살았을 피란민들.

영도가 품은 것은 나의 유년만은 아니다. 나는 그저 아빠와 내가 함께했던 시공간의 소리와 쇠가 주는 물성에 기대 아빠를 기억 속에서 다시 소환했을 뿐. 다른 누군가에게는 흰여울마을에 살았던 어린 시절일 수도 있고, 태종대에서 보낸 여행의 하루였을지도 모른다. 매일 새벽 하리에서 출항하는 고기잡이배의 어부의 삶이, 또 그 어부의 아버지의 삶이, 어머니의 삶이 어땠을지 상상해본다. 영도까지 밀려 내려온 피란민들의 삶도 감히 떠올려본다. 그 안에는 시인도, 화가도, 농부도, 아이도, 그 누구라도 있었을 것이다. 영도다리 아래 정박한 배마다 그들의 이야기가 자리하고 있겠지. 그 아픔과 추억을 고스란히 간직한 영도. 사람을 찾는 영도. 사람을 받아준 영도.

흰 머리카락을 정갈하게 빗어넘긴 노인과 아빠의 '금성철공소'가 떠오르게 했던 노인의 가게. 그 가게 위에 매달린 궁서체의 '현대터-빈' 간판. 결국 아빠의 소리를 대면하지는 못했지만 이미지로 아빠와 재회할 수 있었던 깡깡이마을의 장면들.

마음 한편에는 쓸쓸한 마음이, 그 마음의 맞은편에는 충분하다는 마음이 자리잡았다. 중리산 위에 뜬 별을 보며 아빠의 빈자리를 떠올리는 건 쓸쓸한 일이기도 하겠지만, 동시에 아빠의 생전 모습을 떠올리는 나의 마음은 무엇과도 비교할 수 없을 정도로 충만했다. 그래서 기억 속의 만남에 눈물을 흘렸는지도 모른다.

눈부시게 아름다웠던 그 시절로 잠시 다녀온 영도에서의 시간. 영도다리에 아빠를 찾는 벽보는 붙이지 못했지만 나는 아빠를 만났다.

누구보다도 찬란하게.
무엇보다도 아련하게.

서재원

길 위에서 만난 풍경과 사람과 마음을 품는다. 그래서 여행이 좋다.

아는 만큼 보이고 걷는 만큼 만난다

저 늦을 거 같아요.
함께 가기로 한 후배 진의 메시지다.
늦으면 기차 못 타는데.
너무나 당연한 답을 보냈다.

부산 여행 첫날은 이렇게 시작됐다. 기차 출발 시각
임박해서 다시 진의 위치를 물었다. 어디야. 이제 버스
에서 내려요. 뛰어. 이 분…… 일 분…… 기차는 서서
히 떠나려 했고 진은 도착하지 못했다. 결국 나는 기차
에서 내렸다. 진은 플랫폼 계단 위에서 지옥을 맛본 얼
굴로 출발하는 기차를 내려다봤다. 미안해서 무덤 속
에라도 들어가려는 진, 애끓었을 마음을 알기에 난 재
밌다는 듯 웃었다. 얼마나 뛰었는지 기침을 계속했고
배가 아프다고 했다. 진즉 천천히 오라고, 다음 기차

타자고 말하지 못해 미안했다. 여행에는 언제 터질지 모르는 지뢰가 숨어 있다. 비행기 놓치고, 엉뚱한 곳에 내리고, 캐리어가 일주일씩 늦게 도착하는 등 예상치 못한 경험도 했지만, 나쁜 것만은 아니었다. 더 좋은 결과로 흘러가기도 했다. 이 일은 진과 나에게 잊지 못할 추억이 되었다. 계획이 빗나가면 그게 원래 계획이었다고 생각하는 것이, 여행의 여유가 아닐까.

부산, 하면 대부분 해운대나 송도를 떠올리는데 나는 영도와 태종대를 떠올린다. 기억이 자연스럽게 건네준 이름이다. 학창 시절 사회 시간이었나, 끊어진 영도다리가 발레리노 다리처럼 올라간 흑백 사진은 강렬했다. 큰 배가 지나가기 위한 도개교로 일제강점기에 건설됐다고 배웠다. 갓 성인이 된 1979년 여름, 친구들과 처음 부산에 갔다. 분명 영도다리를 건넜을 텐데 다리는 기억 나지 않고 태종대만 머릿속에 동동 떠 있다. 그때 태종대는 신혼여행지로도 유명했다. 그후 해운대와 광안리도 갔으나 기억이 흐리다. 나에게는 영도와 태종대가 부산이었고 이번이 사십오 년 만의 방문이다.

다시 가고 싶은 여행지가 얼마나 될까. 뺄 수 없는

영도다. 이번 여행에서 느낀 뒷맛이다. 과거와 현재가
주거니 받거니 하는 곳, 느리게 헤집고 싶다.

부산에서 먹고 싶은 음식이 밀면과 돼지국밥이었기
에, 기차에서 내리자마자 밀면집부터 갔다. 냉면보다
부드러웠고 육수가 진하니 씹기 귀찮아하는 내게 제격
이었다. 전쟁통에 냉면 재료인 메밀 구하기가 어려워
밀가루로 국수를 만들었던 것이 유래라고 한다.

영도는 섬이며 원래 말을 키우던 곳으로 옛 이름은
절영도. 전쟁 당시 피란민들이 밀려와 산기슭까지 집
을 짓고 살 정도로 인구가 많았는데 지금은 빠져나가
고 있다는, 택시 기사의 친절한 설명을 들었다. 그사이
택시는 영도다리를 건너 흰여울문화마을 씨씨윗북 서
점 앞에 멈췄다. 섬 하나가 행정구역인 영도구, 남쪽
끄트머리 해안가에 태종대가 있다. 흰여울마을은 해안
가로 이어진 마을로, 흰색과 푸른색 건물이 겹겹이 바
다를 향해 앉아 소곤대는 모습이다. 위에서 아래로 옆
으로 좁고 휘어진 정겨운 골목길. 길목 어디선가 옛 친
구가 맞아줄 것 같다. 담장 따라 이어지는 흰여울길은
버스 도로가 생기기 전에 영도다리에서 태종대 가는

유일한 길이었단다. 아기자기한 상점들이 발걸음을 붙잡고 관광객들은 몸을 비켜서 지나간다. 흰여울길 아래는 절영해안산책로다. 시야가 확 트여 바다를 보며 걸을 수 있다. 걷고 싶은 길이다.

진이 전날 밤차로 떠났고 친구 정이 서울에서 내려왔다. 어젯밤 컵라면 먹었던 하리항 방파제가 호텔 창밖으로 보였다. 부산에서 아침을 제일 먼저 맞이한다는 조도(아치섬)에는 햇살이 가득하다. 호텔에서 태종대까지 걸었다. 어떤 모습일까.

멀리서도 보이는 표지석 태종대. 투박하지만 정겨운 글씨체의 표지석은 사십오 년 세월을 싹둑 베어낸 듯 그때 모습이다. 하지만 입구부터 옛 모습이 없다. 기억의 오류인가. 그래도 다시 와서 좋다. 도로에는 울창한 나무가 빼곡하여 옆에 바다가 있다는 게 믿기지 않는다. 숲길로 내려가 영도등대에 서면 바다만 있다. 긴 세월 동안 변한 것은 나도 태종대도 마찬가지다.

느리게 두리번거리며 영도다리를 걸었다. 노을빛 가득한 항구에서 낚시하는 사람의 여유, 포장마차 영업을 시작하려는 사람의 분주함을 뒤로하고 다리를 건 넜다. 순식간에 이틀이 지났고 영도를 다 둘러보기에는 짧았다. 그래서 내년 1월 첫 여행지는 영도다. 씨씨윗 북도 흰여울길도 다시 가야지. 선사유적지, 감지해변, 절영산책로도 걷고 소막마을 감천마을까지 가야지.

여행에서는 아는 만큼 보이고 걷는 만큼 더 만난다. 상점, 택시, 카페, 길 위에서 만났던 친절한 사람들은 다시 가고 싶게 하는 영도의 힘이다. 여행지의 느낌은 사람으로부터 오니까.

성윤

팔 년 차 IT세일즈맨. 아내의 권유로 소설을 쓰기 시작했다. 처음으로 내 것을 만들어가는 느낌에 익숙해지고자 노력하고 있다. 그 결과 삶의 종착점이 정량적 수치에서 정성적 목표로 바뀌었다. 나이가 아닌, 죽이는 소설을 쓸 때까지는 살아 있는 것으로.

사람이 눈물을 흘려야 하는 이유

휜여울마을로 가는 85번 버스가 도착했다. 아내와 나는 이인승 좌석에 앉는다. 힘찬 엔진음과 함께 버스가 꿀렁인다. 나는 창밖을 바라본다. 딱딱하고 각진 건물, 정지선을 벗어난 차량, 두리번거리는 여행객들…… 익숙했던 모든 형체가 일그러지며 섞이더니 잠결에 그은 선처럼 대책 없이 길쭉해진다. 혼란스럽고 어지러운 모양새다.

나는 버스 안으로 시선을 돌린다. 나와 달리 여행객들은 창밖 풍경에 연신 감탄한다. 그것만으로는 부족한지 이내 창문을 열고는 코를 창밖으로 내민다. 그들은 적극적이고 풍부한 몸짓으로 바닷내음을 들이킨다.

"조금 시끄럽네. 여행 괜히 온 거 같아." 나는 선글

라스를 쓰면서 말한다. "오랜만에 온 바다인데, 그렇게 싫어?" 영도대교 역사를 다루는 유튜브를 보던 아내가 묻는다. 아내는 바다를 향한 자신의 애정을 숨기지 않는다. 오죽하면 자신을 '분지에서 태어나 평생 바다를 그리워하는 도시인'이라고 부를까.

"소금기 찝찝하잖아. 얼굴도 끈적거리고." 나는 이어서 바닷가에서 산다면 겪게 될 어려움을 연설한다. 빨래가 소금에 빨리 삭는다느니, 태풍이 오면 걱정이 태산 같아진다느니 따위의 이야기들이다. 나는 바닷가에서 살아본 경험은 없다. 신도시에서 태어나 반평생을 평야 지대에서 자랐을 뿐이다. 채소 반찬을 보고는 투정부리는 어린아이가 된 기분이지만, 청중 없는 연설을 멈추지 않는다. 가벼운 투정을 심각한 투쟁으로 치환하는 데 나는 능숙하다.

"갔던 모든 바다가 별로였어?" 아내가 묻는다. "글쎄…… 설마 그랬을까?" 나는 답한다. "이상한 소리 하지 말고 옛날 기억 좀 떠올려봐. 뭐 하나라도 좋았던 바다가 있겠지." 아내의 일리 있는 지적이 나를 의식의 심층으로 끌어당긴다. 그곳에서 나는 광안리 해변가를 홀로 걷다가 보트 한 척을 발견한다. 보트 측면에는 '회상'이라는 글자가 큼직하게 적혀 있다. 나는 탑승한다. 키가 없다는 사실에 당황하지만, 자율주행 시스템이 탑재된 듯 보트는 스스로 시동을 걸더니 광안리를 떠난다.

보트는 내가 그간 방문했던 해안 도시를 차례로 들른다. 칸쿤, 산페드로, 로아탄섬, 키웨스트, 파나마시티, 나폴리, 여수, 속초, 양양…… 어떤 도시에서도 즐거운 기억을 마주하지 못한다. 결국 양양을 끝으로 소득 없는 항해를 마치려던 찰나, 보트가 덜컥이며 멈춘다. 뜻밖의 거대한 암초가 앞을 가로막은 것이다. 그 암초는 안치실에서 봤던 아버지의 얼굴을 똑 닮았다.

지난 3월, 아버지는 유골함 속 한줌의 가루가 되었다. 당신의 임종을 나는 지키지 못했다. 울먹이는 어머니의 전화를 받고 안치실에 도착했을 때, 흰색 천 한 장만이 차가운 철제 안치대에 놓인 당신의 육신을 가리고 있었다. 나는 그 흰 천이 경계선인 듯하여 한참을 바라보았다. 흰 천의 바깥은 산 자들의 영역, 안쪽은 당신만의 영역이었다. 당신과 내가 공유하던 영역은 이제 존재하지 않았다.

흰 천에 형광 조명이 드리운 음영은 대리석 조각처럼 차갑게 형체를 유지하고 있었다. 그것은 당신의 신체가 더는 기능하지 않으며, 당신의 혼은 현실이 아닌 어딘가로 떠나갔다는 신호였다.

"확인해보시겠습니까?" 형사가 말했다. 흰 천을 들어올리자 당신의 얼굴이 드러났다. 입술은 뒤틀렸고 군데군데 멍이 들어 있었다. 형사는 아버지의 사망 경위를 이렇게 추론했다. "점심을 들고 마당에서 담배를 피우던 도중에 쓰러졌을 것이고요, 혈당이 높아진 상태에서 갑작스런 찬바람은 위험하니까요. 의식을 잃은 채 겨울바람을 맞으며 몸이 차갑게 식었을 것이고요…… 그렇게 네 시간이 지났고, 퇴근하신 어머께서 발견했을 때는 이미 늦었던 겁니다." 그런데 경찰은 몰랐다. 그것 말고도 이미 늦어버린 것들이 많다는 사실을. 4월에 있을 나의 결혼식, 당신과의 생애 첫 대작(對酌), 서로를 비난하지 않고 대화를 나누는 것, 당신의 어깨를 토닥여주는 것, 당신이 짊어진 외로움을 이해하는 것 등등…… 그중에는 당신과 어머니와 누나와 매형과 조카들과 하나의 가족으로서 바닷가에 가보는 것. 평범하지만 위대했을 최초의 시도 또한 있었다.

나는 당신과 함께 바다를 본 적이 없다. 나는 바닷물에 몸을 담근 당신을 본 적도 없다. 청년 시절 놀기를 좋아하던 당신이었으니 수영에 능숙했을지도 모른다. 타고난 맥주병인 나의 훌륭한 수영 강사가 되었을지도 모른다. 짜디짠 바닷바람을 맞으며 당신은 어떤 이야기를 들려줬을지도 모른다. 그랬다면 당신의 외로움을 어루만질 용기가 났을지도 모른다. 물론 이것은 모두 가정에 불과하다. 때늦은 가정은 또다른 가정을 낳는다. 그러한 가정들이 엉겨붙어서 후환이라는 이름의 실타래를 이룬다. 후환의 실타래는 줄어들지 않으며, 오직 소멸할 뿐이다. 그 시점은 소유자의 생이 종료되는 시점과 일치한다.

문득 눈물이 차올랐다. 철문과 안치대와 안치 냉장고와 형광등 아래 그늘진 얼굴들, 그리고 아버지의 허연 얼굴, 그 모든 것이 눅눅한 육각형으로 잘게 쪼개졌다. 눈물이 흐를수록 육각형들은 물비늘처럼 반짝이며 출렁였다. 나는 흰 천으로 아버지의 얼굴을 덮고는 서

둘러 안치실을 떠났다(그랬던 것 같다).

휜여울마을에 도착했다는 안내 방송이 나를 현실로 되돌려세운다. 아내와 나는 버스에서 내린다. 요란한 기지개와 하품으로 여독을 간소히 풀어본다. 옆에서는 찰칵찰칵, 셔터음이 아내의 핸드폰에서 연신 터져나온다.

"자기야, 저기 좀 봐!" 아내가 야트막한 돌담 너머를 손끝으로 가리킨다. 그곳에는 영도 바다, 아버지를 닮은 암초도 혼자서 움직이는 보트도 없는 진짜 바다가 출렁이고 있다. 한 손으로 움켜쥘 수 있겠다는 착각이 들 정도로 바다는 가깝다. 나는 선글라스를 벗는다. 수평선 두 뼘 위에서 해가 흩뿌리는 따듯한 햇살이 바다를 수놓는다. 부모의 품에서 쌔근거리는 아기처럼 물결은 잔잔히 출렁인다.

영도 바다를 가까이 보고픈 나는 아내를 따라 휜여울해안터널로 들어간다. 터널 안팎은 연인이나 가족과 손을 잡고 사진을 찍는 사람들로 붐빈다. 그들의 추억과 행복은 사진이라는 증거물로 영원히 남을 것이다. 나는 어떠한가. 내가 자문하자, 당신 시신을 염하던 장면이 머릿속에서 제멋대로 재생된다. 산 자들의 메시지로 얼룩져가던 당신의 수의, 내가 적은 시 한 구절, 누나가 남긴 작별 인사, 어머니가 떨군 눈물 자국들……

터널 출구에서 아내가 팔짱을 끼며 사진을 찍어달라고 한다. 출구를 프레임 삼아 영도 바다를 배경으로 사진을 찍는 사람들이 주변에 많다. 나는 요청대로 사진을 찍는다. 사진 속 아내는 역광을 받아 윤곽선만 또렷하다. 그 사진을 확인한 나는 아내에게 미안해진다. 내가 선택한 가족인 아내를 군중 속으로 무심히 떠밀어버린 듯한 자격지심, 나는 사진을 재빨리 지운다. 아내에게는 역광이 사진을 망쳤다고 단호히 말하면서.

우리는 터널을 빠져나온다. 어느덧 수평선에 닿은 해가 하늘과 바다를 붉게 물들이고 있다. 찬란하게 붉은 윤슬이 우리와 바다 사이에 곧게 펼쳐져 있다. 그것은 바다를 건너게 하고자 윤슬이 직조한 빛의 무빙워크 같다. 그 통로의 끝에서, 쓰러지기 직전의 당신을 만나는 상상을 해본다.

점심을 마친 당신은 가볍게 트림하며 담배와 라이터를 챙길 것이다. 마당으로 가고자 현관문을 여는 당신을 초인종 벨소리가 붙잡을 것이다. 당신이 열어준 대문 안으로 당신의 아들, 내가 모습을 드러낸다. 당신은 어리둥절할 것이다. 나로부터 아무런 연락도 받은 적 없으니까. 무슨 일 있냐고 묻는 당신의 손을 잡고 나는 거실로 들어갈 것이다. 그리고 이렇게 말할 것이다.

　"아버지, 옷 따뜻하게 입으세요. 저랑 같이 가요. 영도 바다요. 거기서 바다도 같이 보고 사진도 찍어요. 회에 소주도 하고요. 이제는 혼자 술 먹지 말아요. 제 결혼식 때문에 아버지 임플란트도 새로 했잖아요. 임플란트 좀 보게 활짝 웃어봐요. 아버지의 미소가 기억이 안 나요. 아버지도 내가 웃는 거 본 적 없죠? 어쩌다가 우린 가깝고도 먼 가족이 되었을까요."

　당신은 얇은 바람막이를 걸치며 말할 것이다. "이놈아, 가족이었지. 지금 가족이나 잘 챙겨. 담배 피우게 비켜라."

현관문을 나서는 당신을 나는 막지 못할 것이다. 그것은 정해진 결말이다. 당신이 속해야 하는 곳은 이승도 나의 망상도 아닌, 당신이 건너간 바로 그곳이다…… 내 손을 쥔 아내의 손이 가볍게 움직인다. 나는 정신을 차리고 주위를 둘러본다. 아직 햇빛이 남아 있다는 사실에 안도한다. 바로 옆 어떤 커플에게 다가가 핸드폰을 건네며 묻는다. "혹시, 저희 사진 좀 찍어주실 수 있을까요?" 커플이 핸드폰을 흔쾌히 받아든다. 아내와 나는 영도 바다를 등지고 포즈를 취한다. "지금 사진 예쁘겠다. 그렇지?" 아내가 웃으며 말한다.

"역광이지만, 괜찮을 거야." 나는 아내의 어깨를 감싸며 답한다.

송하영

삶이 곧 인터뷰인 사람. 세상에 관심이 많아 주저하지 않고 질문
던지기를 좋아한다. 빚진 마음을 하루하루 갚으며 산다.

마음이 가난하면 바다가 보고 싶다

하영아, 너는 앞만 보고 달리는 열차 같아. 가끔 뒤도 보고 옆도 보고 곁을 돌아봐. 우리들은 늘 너를 기다리고 있어.

그게 무슨 말이야? 내게 주어진 건 내일밖에 없는걸. 오늘은 이 서류를 마감해야 하고, 내일은 다음 서류를 마무리해야 돼. 나중에 보자!

우리의 마지막 대화였다. 고등학생 시절 가까이 지내던 친구 둘이 있었다. 대학생이 된 이후 서로 보는 날은 더 줄어들었다. 학업, 과팅, 봉사활동, 아르바이트, 대외활동을 하느라 각자 분주했다. 나는 그중에서 늘 계획적이고 효율만 논하는 사람이었다. 친구 A는 실리를 구분하기를 즐겼고, B는 우리 둘을 관조하기를 즐겼다. 친구들의 놀자는 연락에도 무심코 지나보낸

날들이 스쳐지나간다. 대학교에 갓 입학한 나는 생활비도 벌어야 하고, 캠퍼스 생활도 즐겨야 하고, 취업에 유용한 스펙도 챙겨야 하는 입장에 놓였다. 정확하게는 늘 그런 자리에 스스로를 갖다놓았다. 나중에 보자는 나의 답장으로 우리의 대화는 더이상 이어지지 않았다. 나는 생일이 있는 달마다 친구들을 떠올렸다. 생일에 조용할 틈 없이 왁자지껄 축하 문자를 주고받고, 서프라이즈 파티도 열어주던 사이가 하나둘씩 줄더니 이제는 뜻밖의 축하만이 남아 있다. 조촐한 작은 초를 분다.

나는 여행길에 오를 때마다 A의 말을 반복해서 곱씹었다. 오랜 습관이 되었다. 고요함과 정면으로 마주할 때, 친구들과 떠들었을 때의 웅성거림이 안개처럼 나를 통과한다. '앞만 보고 달리는 열차' '뒤, 옆, 곁' '기다린다'. 도무지 이해 가지 않던 친구의 말이 이제야 이해가 된다. 앞만 보고 달리는 열차는 멈추는 시간과 속력 계산을 실수해 승객을 자주 놓쳤다. 혼자인 시간이 많아질수록 자주 산에 올랐다. 산을 타면 내 존재가 먼지처럼 느껴졌다. 애쓰지 말걸. 산의 능선을 이해하는 데도 숨을 가쁘게 헐떡이는 주제에. 산은 내게 사방을 일러주었다. 올라갈 때와 내려갈 때 풍경이 어떻게 정반대로 뒤집히는지, 인간이 지르밟은 땅과 인간이 쏟아부은 시멘트가 관절에 어떤 고통을 주는지, 그리고 애쓰면 오래가지 못한다는 사실까지 알게 했다. 기다림은 무수한 실패를 낳았다. 몇 수나 앞선 마음이었으니 타이밍이 번번이 어긋났다. 불합격, 미선정, 귀하는 함께할 수 없습니다. 오랫동안 아른거린 말들이 나의 발목을 잡았다.

마음이 가난하면 바다가 보고 싶다. 분지에서 나고 자란 사람은 바다 가까운 곳에 사는 게 평생 꿈이다. B는 2019년 나를 데리고 갈 곳이 있다며 부산행 열차표를 끊었다. B를 따라 부산역에 내려 보수동 헌책방 골목에 갔다. 노다지였다. 뜨개 책, 낡은 시집, 철 지난 패션지 몇 권을 골랐다. 부산에 이런 곳이 있었어? 다음으로 흰여울문화마을에 도착했다. 하늘빛으로 물든 골목을 걸으며 바다, 사람, 고양이를 구경했다. 사진 찍는 사람을 비껴가며 바다와 골목을 번갈아 봤다. 고양이도 주민인지 게으르게 화분 위에 배를 내놓고 누워 있다. B는 내가 이 모든 걸 좋아할 것을 직감한 듯, 자신 있게 마을 곳곳을 안내했다. 푸른 흰여울문화마을

뒤 여린 역사까지 보듬으며, 지금 이 순간 우리가 여기 있다는 것에 감사하자며 기념사진을 찍었다. B와의 마지막 시간이었다. 시간이 지나 일 년에 한 번꼴로 흰여울문화마을에 좋아하는 사람을 데려갔다. 똑같은 코스로 같은 위치에서 같은 설명을 전했다. 비슷한 타이밍에 감탄이 터져나왔다. 여행의 맛이다. 바다는 간이다. 앞으로도 좋아하는 사람이 생기면 영도를 찾을 것이다. 구석구석 누비는 즐거움과 좁은 마음이 확장되는 전망을 즐기기 위하여.

신보라

2023년 경향신문 신춘문예를 통해 등단했다. 넥서스 경장편 작가
상을 수상했다. 장편소설 『울트라맨을 위하여』가 있다.

문득 단어에 졌다고 느끼면서

0

영도, 0℃.

그럼에도 절대로 얼지 않을 것만 같은 곳이었다.

1

영도의 이름은 절영도였다. 절영도는 영도가 되었다. 비어버린 '절'의 자리를 생각한다. 비어버린 ( )에 대해서 생각한다. 시간을 앞당겨 도착한 영도에서 수평선을 바라보면서 걸었다. 산책로라 이름 붙은 길을 걸었다. 문득 단어에 졌다고 느끼면서.

산책로라고 이름 붙은 길을 걸을 때면 정말로 산책하고 있다는 기분이 들었다. 그러자 영도가 보였다. 아기자기한 색색의 건물들이 보였고 등대같이 솟아오른

유성탕의 기둥이 보였고 그 앞으로 펼쳐진 바다가 보였다. 되게 푸르구나. 푸르려고 하지 않아도 푸르구나 이곳은. '흰여울'이라는 이름을 되새기며 걸었다. 내가 걸었던 모든 길에 이름이 있었을까. 단어에는 그런 힘이 있다. 자전거 길을 걸을 때면 꼭 자전거가 된 기분이 드는 것처럼, 발아래에서 체인을 감듯이 걷게 되는 힘.

골목을 걸어다녔다. 그 많은 골목은 어디로 들어가도 어디론가 빠져나올 수 있었다. 누구와도 만날 수 있는 곳. 누구와도 합류할 수 있는 곳. 흰여울문화마을의 골목은 꼭 물속의 길처럼, 계속해서 흘러갈 수 있는 곳이었다.

2

먼 곳에서 파도가 쳤다. 잔잔하고 지속적으로. 파도가 흔들리고 있구나. 내 몸이 흔들리고 있구나. 이곳저곳의 사람들이 조금씩 흔들리며 걸을 때, 왜 수평선은 흔들리지 않을까. 수평선은 왜 이름도 수평선일까. 나는 그 이름을 찬찬히 조각내보았다.

수평: 잔잔한 수면처럼 평편한 상태.

평선: 병이 나아서 평상시와 같이 건강이 좋아짐.

수평선: 바다 위에 있어서 물과 하늘이 맞닿은 경
계선.

수평선은 어떻게 읽어도 수평선이 주는 평편한 이
미지가 있구나. 수평선은 어떻게 읽어도 평편하게 일
어설 수 있다는 뜻이구나. 그래서 수평선은 언제나 나
에게 이상한 위안을 줬다. 아주 멀리 있어서 그랬다. 닿
지 않을 것만 같았으니까. 흔들리지 않아서 그랬다. 나
는 자주 흔들렸으니까.

영도에서 고개를 들면 자주 수평선이 보였다.

골목을 걸어올라 씨씨윗북에 닿았을 때, 마당에는
커다란 평상이 놓여 있었다. 그곳에 할머니 세 명이 나
란히 앉아 이야기중이었다. 그리고 그 뒤편으로 길게
드리운 그림자는 앉아 있는 순간과 함께 온기를 남기
는 듯했다. 씨씨윗북 이층 커다란 창을 등지고 앉았을
때, 해가 찌르듯 들어섰다. 해는 등지고 있어도 눈이
부셨다. 나는 이상하게 자꾸만 몸을 기댄 채 그 공간
안에 조용히 섞여 있는 듯했다. 등을 돌려 창밖을 내다

보았을 때 수평선이 보였다. 아주 오랜 시간 동안 그 자리에 있었을 수평선이. 나는 문득 할머니가 집으로 돌아갔을지 궁금해졌다.

3

신용목 시인의 글쓰기 강의를 듣고 비어버린 ( )에 대해 다시 한번 떠올렸다. 비어버린 곳을 바라보면 채우고 싶어졌다. 어떤 단어로든. 어떤 의미로든.

말이 자랐다고 했다. 영도에서 자란 말은 워낙 빨라 그림자가 끊어져 보인다고 했다. 해가 떠 있을 때 나의 그림자는 오래도록 자랄 것만 같았다. 끝도 없이 자라 누군가 톡, 하고 끊어내야 할 것만 같았다. 그런 긴 그림자를 오래도록 쳐다봤다. 언제 끊기는 걸까, 생각하면서.

해가 지면서 문득 다시 그림자를 떠올렸다. 누군가 톡, 끊어간 그림자. 해가 사라지자 그림자는 보이지 않았다. 없는 것이 아니라 비어 있는 것 같았다. 그럼에도 영도에 있을 때면 비어버린 곳을 굳이 채우지 않아도 될 것만 같은 기분이었다. 바람이 불 때마다 말

의 울음소리가 들리는 듯한 착각이 들어 혼자 웃고는
했다. 잠시 비워도 되는 곳. 잠시 나를 비워낼 수 있는
곳. 그곳이 영도였다.

신연실

서울시 마포구 연남동 끝자락에서 작은 서점을 운영하고 있다. 계속 읽고, 계속 쓰는 사람들을 쫓아다니며.

원은 그저 원으로 남을 것이다

다섯번째 부산 여행.

영도에 가기 위해 부산으로 떠난 것은 처음이었다. 서울에는 이것저것 벌여놓은 일들이 많았고, 틀도 제대로 안 잡힌 아이디어를 하루빨리 정리해야 했기에 마음이 편치 않았다. 솔직히 말하자면 정말로 갈 생각은 없었다. 서점 단골에게 출판사에서 하는 '빛난다, 영도' 프로그램을 소개나 할 요량이었다. 이곳이 아닌 다른 곳에서 무언가를 배우며 환기하는 일, 그것이 언젠가는 꼭 받아보고 싶어했던 글쓰기 수업이고, 심지어 우리가 좋아하는 시인에게 배우는 일이라고. 그에게 소개하면서 도리어 내가 나에게 설득당했다. 앞뒤로 닥칠 상황을 재지도, 망설여볼 틈도 없이 덥석 신청해버렸다. 그와 이야기 나누던 몇 분 사이에 벌어진 일이었다.

'영도'의 영 자가 '그림자 영(影)' 자인 줄은 그곳에
가서 알았다. '그림자 영' 자에는 햇볕, 빛이라는 뜻도
있다고 했다. 그림자가 생기려면 빛이 있어야 하니 당
연한 건가 하며 웃어넘기던 와중, 빛의 가장자리에 맞
닿아 있을 검고 깊은 그림자가 눈앞에 어른거렸다. 쾌
청한 주말 타지에 모여 신나게 수업을 듣는 빛나는 시
간 뒤로, 닫고 온 서점, 대충 얼버무리고 온 일, 두고
온 고양이 생각 따위가 고여 있는 으슥한 곳이 자꾸만
눈에 밟혔다. 그래서 오히려 자신했다. 이렇게까지 온
것에 대한 보상이 반드시 있을 거라고, 그게 무엇이 되
건 꼭 얻어갈 수 있을 거라고. 심지어 그토록 고대했던
글쓰기 수업이니까, 그 자체만으로도 엄청난 것을 받
은 것이나 다름없다고 말이다.

좁고 높은 담벼락 사잇길, 그 아래로 너르게 펼쳐지
는 푸른 바다, 눈이 시리게 부서지던 햇살, 여전히 더
워 에어컨 가동이 한창이었던 또다른 서점. 그 속에 옹
기종기 앉아 이야기 나누던 사람들, 까랑까랑한 시인
의 목소리와 반짝반짝 빛나던 눈빛. 신경써서 입고 간

하얀 셔츠에 쏟아버린 커피, 백팩을 멘 등에 흐르던 땀, 각양각색 손차양들. 영도다리 아래로 힘차게 전진하던 배들, 그럴 때마다 길게 그려지는 하얀 포말들. 어디를 가든 들려오는 중국말 소리를 헤치고, 오랜만에 느껴보는 짓이겨진 민트 향에 취해 있다가, 바스락대는 침구에 파묻혀 조각난 창으로 항구를 내려다보던 밤. 어느 대학교 건물 전체에 비치던 달빛 머금은 바닷물결, 커다란 등대 위로 더 커다랗게 터지던 불꽃들, 순식간에 잠에 빠져버린 숨소리. 외국인 관광객들 사이에서 이방인처럼 조식을 먹고, 높은 천장 아래 웅성거림 속에서 고소한 커피를 마신 아침.

우리는 다시금 KTX에 몸을 싣고 지루한 시간을 건너 서울로 돌아왔다. 하룻밤 만에 현관문으로 들어선 나를 보며 몸을 길게 늘이던 고양이는 자기를 쓰다듬어줄 때까지 연신 웅얼거렸다. 익숙한 고양이 울음소리를 들으며 빛났던 시간을 하나씩 떠올렸다. 빙 돌아 결국 제자리로 돌아오는 '영', 그러니까 동그란 '원'을 그리면서. 나는 원을 따라 배회하며 원 안에 잔뜩 들어 있던 것을 버리고 왔거나, 비어 있던 원을 가득 채워왔거나 둘 중에 하나는 하고 오지 않았겠나 생각했다.

매일같이 생각해야만 하던 것들에서 잠시라도 벗어나고 싶었다. 함께 가기로 한 단골 앞에선 태연한 척했지만, 가는 날까지 달력을 들여다보며 날짜를 셌다. 무언가를 직접 감각하는 일이 줄고, 다른 사람이 쓴 글로 대리 감각하는 것이 반복되어 쓸쓸한 날들이었다. 그래서 여기 열 평 남짓한 공간만 벗어나면 뭔가 달라지지 않을까 기대했다. 나의 원은 반드시 비워지거나 채워질 것이라고. 하지만 기대는 보기 좋게 빗나갔다. 여기서도 못 얻는 걸 영도라고 줄쏘냐. 이러나저러나 나는 계속 나이고, 그저 원을 몇 개 더 그리게 된 내가 있을 뿐이었다. 무작정 그린 원들을 비우거나 채울 재간도 없었다. 그러려고 영도에 다시 간다 해도 되지 않을 것이었다. 원은 그저 원으로 남을 것이다. 그 상태 그대로 다음 계절을 맞이할 것이다.

안지영

문화예술 플랫폼 '아트인사이트' 에디터. 온라인 플랫폼 'ADHD magazine' 객원 에디터로 활동하였으며, 로컬과 지역 문화에 관한 글쓰기 및 콘텐츠 기획을 진행하였다.

계획과 즉흥 사이로 걷기

길을 걷는다. 그리고 또다시 걸었다. 걷기는 일상의 시작을 알리는 신호이다. 어딘가를 향해가며 도달하는 걷기. 목적지가 있다면 그곳에 닿을 때까지 때로는 호흡을 조절하며 자신만의 속도로 움직인다. 천천히, 조금 빠르게, 어느 순간은 뜀에 가까운 호흡으로 움직임을 반복한다.

이 세계를 이루는 것은 끊임없이 움직인다. 운동은 우리 삶에 가장 가까운 곳에 있다.

부산은 친구들과 처음 방문했다. 두번째는 가족 여행으로 찾았다. 앞서 두 번은 겨울에 왔었고 세번째로 찾은 부산은 여름과 가을의 경계에 있었다. 계절에 따라 다른 공기를 느끼고 같은 장소라도 조금씩 낯선 풍경을 감각할 때마다 이를 비교하는 재미를 찾았다. 그렇게 이곳의 봄, 여름, 가을, 겨울이 궁금해졌다.

거주하고 있는 곳에서 부산까지 꽤 먼 시간을 지나왔다. 차로 이동하면 대략 삼백팔십이 킬로미터 거리이며, 지하철-기차-버스로 세 시간 이상을 건너왔다. 이처럼 짧지 않은 거리에도 부산행을 결심하기까지는 오래 걸리지 않았다. 영도와 바다에 얽힌 추억, 그리고 책과 글쓰기라는 단어로 엮인 흥미로운 여정을 놓치고 싶지 않았기 때문이다.

부산역에 도착해 영도로 향하는 버스를 탔다. 이동하면서 바라보는 창밖의 풍경에서 왠지 익숙한 느낌이 들었다. 기차를 타고 내려올 때만 해도 여행이라는 단어와 함께 새롭고 낯선 감각이 느껴졌는데 어느새 편안했다. 이전의 기억에서 피어난, 왔던 곳을 또다시 지나치기 때문일까.

영도대교를 건너 첫번째 목적지와 가까운 버스 정류장에 내려 처음 보는 낯선 길을 걸었다. 목적지에 다다르는 순간 바다 내음이 코끝을 스쳤다. '진짜' 바다에

온 것만 같았다.

모모스커피 로스터리&커피바에 들어서서 커피와 빵을 주문해 자리에 앉았다. 생각을 멈추고 이 순간에 집중했다. 공간을 맴도는 커피 향을 맡고 직접 커피를 내리는 모습도 보며 책을 펼쳐 읽고 바깥을 바라보는 여유를 가졌다.

어느 도시를 방문할 때면 그곳에서만 즐길 수 있는 로컬 브랜드를 직접 경험해보고 싶었다. 이번 여행에서는 모모스커피에 이어서 근처 문화 공간인 아레아식스의 롤로와 영도 스토어를 방문해 그곳에서만 볼 수 있는 큐레이션을 감상했다. 바로 근처의 영도 봉래시장도 함께 둘러보기 좋았다.

다시 길을 나서 영도의 골목 곳곳을 누비고, 경사 높은 곳으로 올라가다 내려가기를 반복했다. 때로는 길 위에서 낯선 듯 익숙한 분위기를 느꼈다. 나의 동네에도 이처럼 경사 높은 언덕이 있다. 그 주변을 둘러싼 산을 따라 올라가고 내려가기를 반복했다. 다른 점이 있다면 바다가 보인다는 것이다.

좋아하는 바다와의 새로운 추억을 쌓으려 봉래산 중턱에 위치한 복천사로 향했다. 여행할 때면 걷는 즐거움을 크게 느낀다. 설렘 때문인지 구석구석 걸으며 더 많은 것을 담고 싶은 의욕과 열정이 샘솟았다. 높은 곳에 올라서면 더 넓은 풍경을 한눈에 담을 수 있겠지. 높고 거대한 세상이 눈높이에 위치하면서 하늘과 시선을 맞닿는 순간을 상상했다.

마침내 정상에 도착했을 때 들려오는 절의 풍경 소리와 시원한 바람, 그리고 내려다보이는 탁 트인 영도 바다의 새로운 경치는 그날의 행복으로 남아 있다. 바람에 흔들리는 나무, 바닥에 굴러다니던 도토리들, 더위를 식혀주는 시원한 공기가 지금도 생생하다.

문득 떠올려보니, 부산을 방문했던 때 모두 영도를 찾았다. 앞서 두 번은 태종대에 갔었고 흰여울문화마을은 이전에 한 번 방문했다. 그때도 걷고 또 걸으며 보았던 장면들. 고개를 돌리면 눈에 가득 담긴 바다에 대한 기억이 잔상으로 남아 있다.

다시 찾은 흰여울문화마을은 여전히 걷기 좋은 곳이었다. 바다를 배경으로 사진을 찍고 추억을 남기는 사람들의 따스한 공기 속에서 평온함으로 물들었던 그날의 분위기가 아득하게 느껴졌다.

　더위를 피하며 잠시 쉬었다가 걸음을 옮겨 소품 가게에서 오늘을 떠올릴 기념품을 샀다. 처음 이곳을 찾았을 때 발견했던 엽서와 같은 자리에 위치할 엽서. 엽서는 여행의 기억을, 또한 여행지를 떠올릴 수 있는 가장 낭만적인 매개체 역할을 한다. 종이 위에 남겨진 후각의 메시지와 실재하는 물성의 촉감을 좋아한다.

　약속된 시간이 가까워져 씨씨윗북 북스토어를 찾았다. 통창으로 보이는 바다, 그 위에 새겨진 문장을 바라보며 다시금 마음이 따뜻해졌다. 바다는 바라보는 것만으로도 좋으니까. 끝을 헤아리기 어려운 바다를 보고 있으면 마음이 평안해진다. 그러니 자연스레 물과 하늘이 만나는 선인 수평선, 바다의 푸름 또한 좋아하게 되었다. 바다를 바라보고 써내려가는 글은 얼마나 아름다울까. 지금의 마음을, 품고 있는 생각과 감정을, 경험의 총체를 오롯이 문장에 담고 싶다.

어느새 이동할 때면 어김없이 가방에 휴대하기 편한 책 한 권을 넣는다. 앉아 있을 때나 시간의 틈이 생길 때면 습관적으로 책을 펼치게 된다. 이전에는 소설집을 선호했다면 요즘은 시집을 좋아한다. 시는 가볍지 않다. 때때로 어렵게 느껴진다. 그러나 시를 읽는 즐거움을 찾았으니, 어느 페이지를 펼쳐도 몰입할 수 있는 마음이 생겼다. 시적 세계의 아름다움, 이 계절의 가장 아름다운 낭만이다.

어느 곳을 방문할 때면 책방을 꼭 찾아본다. 서가의 주인, 책방의 큐레이션을 통해서 새로운 책과 마음에 가닿은 문장을 발견하는 기쁨을 만끽한다. 책과 함께하는 시간은 내 삶의 속도를 전환한다. 일정에 맞춰서 바쁘게 움직였던 걸음을 잠시 멈추게 한다. 이번 여행에 함께한 책들에는 그날의 일기장처럼 나만의 생각과 감정이 고스란하다. 기차 안에서, 버스 창문 밖을 배경으로, 그리고 바다를 마주한 모든 순간이 고스란히 녹아 있다.

숙소로 향하는 길에서 절영로-해양힐링로-태종로

가 이어지는 바다 전망 코스를 만났다. 여기서 '절영(絕影)'은 과거 영도의 지명인 '절영도(絕影島)'에서 유래되었다. 이곳에서 기르던 말이 너무 빨라서 그 그림자가 끊긴다는 의미가 담겨 있다. 삼국사기와 고려사, 난중일기에도 기록되어 있다고 했다.

강연에서 들었던 이 신비로운 이야기와 함께 빠르게 달려가는 차창 너머로 말 동상을 발견했다. 영도 곳곳에서 말 동상을 볼 수 있다는데, 언제 또 만날 수 있을까.

숙소 근처에는 처음 마주한 영도의 바다가 있다. 바람이 불 때면 방파제 근처에서 파도 소리가 울린다. 바람의 세기에 따라서 다소 불규칙한 리듬으로 움직인다. 앞서 봤던 바다보다 지척에서 윤슬도 볼 수 있다. 그렇게 햇빛에 비치어 반짝이는 잔물결을 꽤 오래도록 바라보았다.

바다를 따라 걷는 산책길. 매일 걸어도 좋을 것만 같은 바다 산책. 다음엔 더 길게, 오랫동안 아침부터 저녁까지의 모든 풍경을 보고 싶다.

산책길에 조개 모양의 조형물을 발견했다. 멀지 않은 곳에 동삼동패총전시관이 있었다. 마감 시간이 가까워 발걸음이 좀더 빨라졌다. 도시명이나 지역명에 담긴 의미를 알게 되면 그곳과 더욱 가까워진 듯하다. 동삼동패총의 역사 소개와 신석기시대 유적 분포, 발굴된 패총의 단면을 볼 수 있는 문화층이 인상적이었다.

다음은 어느 쪽으로 걸어야 할까. 가까운 공원을 찾다가, 마침 '영도다리축제'가 열린다는 소식을 알게 되었다. 축제는 전국 유일의 도개교인 영도대교 개통 구십주년을 맞아 '사람을 잇다, 미래를 열다'라는 주제로 개최되었다.

영도로 향하는 길로는 네 개의 다리가 있다. 바로 영도대교, 부산대교, 남항대교, 부산항대교이다. 그중에서도 최초의 다리는 도개식의 영도대교였다. 긴 시간 동안 얼마나 많은 사람의 발길이 닿았을까. 이 다리는 태종로가 끝나는 시점의 남포역과 옛시청교차로에서 영도와의 만남과 이별을 반복한다.

축제 장소에 들어서자마자 정말 많은 사람을 보았다. 행사장 안쪽으로 이어진 길에는 흥겨운 리듬에 맞춰서 아이들의 공연이 열리고, 먹거리와 공예품을 판매하는 프로그램이 진행중이었다. 그리고 광장에서 숙소로 이동할 때봤던 말 동상을 또다시 만났다. 마치 영도의 수호신 같은 말의 모습에, 이 축제에 이끌려온 오늘의 여정이 운명처럼 느껴졌다.

계획과 즉흥 사이 어느 지점에 있는 이번 여행에서 발길이 닿는 곳으로 떠나보는 것. 어느 순간에는 여행이란 본연의 지향점과 비슷한 형태로, 때로는 자신이 추구하는 가치와 의미를 부여할 수 있는 대상으로 향하는 길이 되었다.

어쩌면 매번 같은 방법이 아닌 새로운 길을 찾아보는 것, 그 자체가 삶의 목적을 겹겹이 감싸고 있는 건 아닐까. 마음이 닿는 대로 걷고, 그러다가 놓치면 다시 방향을 설정하고, 그때 마주한 순간들이 스쳐지나간다. 우연의 연속은 놀라움과 환희를 불러일으킨다. 동시에 필연처럼 느껴지는, 그중 하나쯤은 운명이라 부를 수 있지 않을까.

나의 발걸음을 영도로 이끌었던 것은 여행을 가고 싶은 마음, 홀로 떠나겠다는 결심과 책이라는 매개체와 글쓰기였다. 영도를 다시 찾으며 발견한 것은 영도의 지명과 역사에 얽힌 이야기 그리고 말 동상, 조개껍데기와 패총전시관, 영도대교와 영도다리축제이다. 그렇게 걸었을 뿐인데, 오늘 여기에 온 이유를 발견했다. 산책길에 마주한 도시 및 지역의 역사 속에서 존재하는 것. 과거와 현재, 미래까지 연결될 이야기를 만난다. 우리가 기억할, 우리가 사랑하는 공간과 장소는 계속해서 누군가에게 닿는다.

　관심과 취향이 이끌어 도착한 이곳에, 겹겹이 쌓인 시간을 토대로 새로운 발자국이 새겨질 것이다. 저마다의 이유로 방방곡곡으로 떠나는 시간을 마주한다. 이 도시를 끝내 마음에 품고서, 다시 찾아올 영도를 걷는다. 그렇게 발을 딛고 있는 이곳의 뿌리와 가장 가까운 곳을 향해 걸어본다. 바다로 둘러싸인 영도. 걷기와 산책, '방방곡곡'으로 이어진 우리의 여정.

안화용

책을 가득 모을 수 있고, 고양이가 뛰어놀기에 넉넉한 집에 살고 싶어서 학교에서 일한다. 『심심한 하루 보내세요』를 함께 썼고 『적당히 솔직해진다는 것』을 혼자 썼다.

빚진 빛

　살기 싫었다. 살고 있던 곳 때문인지 얼마 살지도 않은 삶 자체에 질려버린 건지는 몰랐다. 뭐, 어느 쪽이든 상관없었다. 이미 줄곧 죽음을 생각하던 중학생 시절에 난 위험하게도 부산 영도의 파도가 휘몰아치는 태종대에 갔다. 흔히들 말하는 '자살바위'의 존재를 알고 형벌의 행색을 한 바위들이 가득 깔린 언덕을 부러 찾아간 것은 아니었다. 가까운 친족을 포함해 가족 여행을 하는 날이었다. 평소 티브이로 여가를 보내며 시간을 흘려버리는 게 전부인 우리 가족이 자가용을 타고 부산까지 갈 때에는 목적이 뚜렷했다. 피로 맺어진 사이 중 가장 비빌 언덕이었던 작은할아버지에게 일적으로 잘 보이기 위함이었다. 작은할아버지는 아버지가 근무하는 회사의 대표였다. 늘 술에 취해 있는 아버지의 불성실함을 알기에 가족 행사에 빠지지 않는 게 전

략의 전부라는 게 의아했다. 겨우 그걸 위해, 자기 딸이 위험한 짐승인 줄도 모르고 이렇게 죽기 좋은 바다가 사방으로 깔린 섬 꼭대기에 데려오다니. 내 마음은 잘 알지도 못하면서.

밤바다의 낮 모습은 어떨까. 낮의 바다에서라면 살고 싶어질까. 그러나 상념에 잠기기를 멈추어야 했다. 풍경은 얼마 보지도 않았는데 금강산도 식후경이라며 게를 파는 식당으로 이동하자고 했다. 음식이 나오자 어른들은 영덕 대게가 진짠데 부산에서 먹는 거로 퉁치려니 아쉽다며, 게 속살이 묻은 손가락을 쏙 빨며 껄껄 웃었다. 작은할아버지는 오늘 본인이 살 테니 마음껏 먹으라고 했다. 그럴 거면 부산에서 가장 유명하고 비싼 것을 실컷 사주어도 되지 않았나, 아주 도둑놈 같은 마음이 쉽게 피어올랐다. 이러다 빌빌거리며 기생하는 사람이 될 것 같아서 흉한 마음을 접고, 속살도 다 빼먹은 게 다리의 껍데기를 쪽쪽 빨아먹는 데에 열중했다. 살을 바르는 시간보다 껍데기를 청소하는 시간이 더 긴 요란한 요리였다. 애매한 공백을 메우려는 어른들의 웃음소리가 릴레이로 이어졌다. 이래놓고 흩어지면 다들 죽지 못해 산다고 하겠지, 너만 아니었으면 나도 저렇게 살았을 거라고, 그렇게 민낯을 드러내 겠지. 억지스러운 소음 속에서 나는 조소했다.

그날 이후로 나는 살기 싫을 때마다 영도 태종대의 바다를 떠올렸다. 휘몰아치는 밤바다의 소용돌이 그리고 우직하게 움직이지 않는 바위들은 나의 선택을 확실하게 받아줄 것 같았다. 방파제를 걷다가 헛디뎌 그 사이로 몸이 빠지면 안전요원이 구하러 들어갈 수도 없다는 어느 바다보다, 최근에 본 그 바다가 더욱 나의 정답으로 느껴졌다. 내가 하고 싶은 것을 하는 게, 마음껏 쉬는 게, 아무것도 하지 않는 게, 자기 자신만 아는 아빠를 닮은 게, 모태에서도 다니던 교회를 이제 와서 가지 않는 게, 자랑스러운 큰딸의 위치를 지키는 것이 힘든 이 모든 게, 죄악으로 느껴져서 결국엔 내가 나를 싫어하게 되었을 땐. 영도에 홀로 간 나를 상상했다. 그곳엔 내가 사라질 수 있는 자유가 있었다. 아주 무거운 추와 함께. 절대 떠오르지 않고 영영 깊은 바닷속으로 그렇게 풍덩. 쑤욱. 철썩.

그렇게 영도에서 가짜 죽음을 셀 수도 없이 다양한 장면으로 맞이한 덕분에 멀쩡히 서른여섯 살이 되었다. 옛날 같았으면 죽고 싶은 귀신에 씐 거라고 천만 원도 넘을 굿값을 주고 굿을 해야 할 만큼 어둡고 지난한 이십 년이었다. 굿값도 안 낸 주제에 여태 죽지도 않고 각설이처럼 오늘도 또 와 무사히 살았다. 영도에 빚을 진 격이다. 도둑이 제 발 저린다고, 요즘 즐겨보는 드라마 시리즈 〈파친코〉의 '선자'가 이따금 자기 고향 영도를 말할 때마다 마음 한쪽이 쑤셔온다. 캄캄한 밤바다를 제 목숨줄 붙잡는 수단으로 삼아온 날 보며 영 어리둥절했을 영도였다. 그러다 마침 인구 소멸 위기 지역인 영도에 대한 글을 모아 책으로 낸다는 난다 출판사의 소식을 접했다. 어쩌면 이 글 한 편으로 그동안의 해묵은 빚을 조금이나마 갚아나갈 수 있을 터였다. 볕이 좋은 주말, 주울 기억이 더 있나 보려고 영도 태종대로 향했다. 밤의 모습으로 위장하고 실제로는 한낮의 빛으로 나를 따뜻하게 품어주었던, 그 바다가 내 앞에 환히 있었다.

예주연

산으로 둘러싸인 도시에서 태어나 늘 수평선을 상상하며 살았다. 대구를 떠나 베를린을 거쳐 서울에 살고 있으나, 동경하는 바다를 일상으로 삼아본 적은 아직 없다. 도착하지 못한 사람들, 정착하지 못한 삶에 관심을 두고 글을 쓴다.

오십 년이 흘렀음에도 여전히 중학생인

부산역에 오면 한 번도 본 적 없는 소년이 떠오른다. 얼굴 없는 그에게는 표정만 있어서 나도 덩달아 황망한 표정을 짓게 된다. 오십 년의 세월이 흘렀음에도 여전히 중학생인 그는 엄마를 찾아 헤매고 있을 것이다. 외할머니와 외삼촌의 이야기다.

대구에 사는 외할머니가 외삼촌과 함께 부산 친척집에 갔을 때였다. 돌아오는 길 무슨 사정으로 각자 볼일을 보고 부산역에서 만나기로 했다고 한다. 그러나 미리 표를 사둔 기차 시간이 될 때까지 외삼촌은 나타나지 않았고 할머니는 그다음 기차라도 잡아타겠지 하고 먼저 대구로 돌아왔다. 나중에 가슴을 치고 후회하게 될 결정이었다.

외삼촌은 끝끝내 나타나지 않았다. 내 상상 속에서
수중에 돈 한 푼 없었던 그는 낯선 어른에게 돈을 꾸러
다가갔다가 새우잡이 배에 팔아넘겨지기도 하고, 부
랑자 수용소에 갇히기도 한다. 그런 시절이었다. 어릴
적 할머니 집에 가면 피란길에 헤어진 가족을 찾는 방
송이 자주 틀어져 있었다. 사연을 얘기하고, 어린 내가
보기에도 똑 닮은 두 사람이 꿈에 그리던 피붙이를 만
난 것을 믿지 못하고 긴가민가 몇 가지 질문을 주고받
다가, 결국 서로를 붙잡고 통곡하는 장면. 한국전쟁 당
시 남쪽으로 피란 가던 이들이 이 길 끝에 부산에 닿으
면 영도다리에서 만나자고 했다던가. 전쟁도 끝난 지
한참 뒤인 1970년대 일이라 이별을 예감하지 못한 할
머니와 외삼촌 사이에 무슨 약속이 있었을 리 없었다.

매일매일 영도다리에 나가 가족을 기다리던 사람들
은 점차 그 근처에 정착해 집을 지어 살기 시작했다고
한다. 인구가 계속 늘어나자 급기야 집이 들어서기 어
려웠던 산간과 해안절벽에까지 집을 짓기 시작했다.
시멘트를 구하지 못해 뒷산에서 주워온 돌에 흙을 발
라 흙집을 짓고 기와 대신 슬레이트로 지붕을 올리기
도 했다. 그렇게 깎아지른 듯한 경사 위에 오밀조밀하

게 들어선 집들을 보자 외할머니가 돌아가시기 전까지 살던 옛집이 생각이 났다. 외곽에 신도시 아파트가 지어지는 동안 수십 년 전 모습을 그대로 간직한 대구 구도심의 그 집은 마당을 중심으로 여러 채의 건물이 모여 있었다. 그 건물마저 쪼개 각기 다른 세입자에게 방을 주기도 했다. 할머니가 사는 방을 빼고는 사람들이 오래전에 빠져나가 지붕은 헐었고 벽이 무너져내리고 있었다. 위험하다며 엄마와 이모가 이사를 권해도 할머니는 익숙함을 핑계로 이사를 마다했다. 이제 와서 생각하면 어쩌면 누군가를 기다리고 있었을지도 모르겠다.

화장실에 가려면 밖으로 나와 아무도 살지 않아 컴컴한 마당을 가로질러 깊은 구덩이 위에 엉덩이를 까놓고 있어야 했던 곳. 외풍이 심해 겨울에는 실내에서도 패딩을 입고, 그러고도 귤을 깔 때 말고는 손을 전기장판과 엉덩이 사이에 놓고 있어야 하던 곳. 어린애에게는 불편했을 그곳을 나는 좋아했다. 할머니의 온기 덕분이었을 것이다.

할머니가 떠나고 한참 동안 잊었던 그 집은 도로를

내기 위해 허물었다고 들었다. 흰여울길 관광지를 조금 벗어나자 여러 겹으로 증축하고 보수했던 집들이, 그러나 그렇게 알뜰살뜰 가꾸며 살던 사람이 떠나 무너져 방치된 모습이 드문드문 보였다. 거기 살던 사람은 무엇을 기다리고 있었을까? 기다리던 걸 끝내 만났을까? 낯설면서도 익숙한 이곳에서 절로 그런 궁금증이 떠오른다. 갑자기 몰린 관광객에 시달린 탓인지, 사람이 살고 있다고, 조용히 해달라고 간곡히 부탁하는 안내판들…… 그 안내판을 따라 발걸음 소리를 죽이고 그 안에서 들리는 이야기에 귀를 기울이고 싶어진다.

온유람

바다와 함께 사계절을 보내며 부산에서 일한다. 사람과 사람이 모여 만들어내는 순간과 이야기를 좋아하고, 말보다 태도가 오래 남는다고 믿는다.

저 영도에서 일해요

중학교 때, 학교를 마친 후 구서역에서 지하철을 타고 남포역에서 버스를 갈아탔다. 영도다리를 건너 친구의 동네로 들어가는 길에는 부산이지만 제주은행이 있었고, 쇠 빛깔의 거리와 비릿한 바다 냄새가 올라왔다. 왠지 모를 생경함에 나는 연신 창밖을 바라볼 수밖에 없었다. 영도의 초입 남항동에서 여관을 운영하시는 말씀이 거친 할머니와 둘이 살던 내 친구는 한 호실을 혼자 쓰고 있었다. 그 방에는 화장실과 브라운관 TV, 그리고 전화기가 있었다. 삼남매 중 둘째로 항상 누군가와 방을 함께 써야 했던 나에게 그런 독립적인 공간은 엄청난 문화 충격이었다. 그것이 남항동에 대한 나의 첫인상이었다.

그로부터 오랜 시간이 지난 후, 영도에서 일을 하게

된 나에게 남항동은 맛집 투어의 성지였다. 남촌샤브샤브, 일구향만두, 팬더반점, 톤섬, 돌집, 커피미미 등등 회사에서 살짝 먼 곳이 많았지만 점심시간이면 어떻게든 튀어나와 맛집을 섭렵하겠노라 골목을 쑤시고 다녔다. 와중에 알게 된 영도 사람 A, 좋아하는 것들이 많이 겹치다보니 자연스럽게 그 사람에게도 관심을 가지게 되었다. 친절하고 낙천적인 그 사람과 함께 있으면 항상 웃게 되고 새로운 재미있는 일이 계속 생기는 듯했다.

하지만 얼마 후 작은 노포에서 A와 마지막 식사를 하게 되었다. 그날은 하필 동삼 해수천의 벚꽃이 너무나 화창하게 만개해 있었다. 봄밤의 엑스포광장과 흰여울길을 노래 하나 없이 파도 소리에 발맞춰 걸으며 음악 얘기, 영화 얘기, 맛집 얘기, 이런저런 얘기를 나눴다. 그렇게 걷고 이야기를 나누다보니, 내 마음도 더는 숨길 수 없어 입 밖으로 터져나와버렸다. 미안하다고 말하는 A에게 나는 연신 괜찮다고 했고, 다음날에도 우린 괜찮은 사이였고, 지금도 괜찮은 사이인지는…… 물어보지 못했다. 이제야 해보는 말, "나 사실 빨갛고 뜨겁고 매운 음식 안 좋아해."

역병의 시대, '코로나둥이' 신입사원이었던 나에게 입사한 지 보름 만에 찾아온 전 직원 재택근무는 큰 시련이었다. 얼굴도, 이름도 모르는 동료들과 재택으로 연말 마감을 쳐내야 한다는 부담감은 지금까지도 트라우마로 남을 만큼 아찔했다. 결국 나는 며칠을 고군분투하다 일을 마치지 못한 채 열이 올라 쓰러지고 말았다.

뜨거웠던 연말이 지나고 사무실로 복귀했지만 오전·오후, 격일 등으로 조를 나눠 일을 하는 탓에 여전히 동료들과 친밀해지기 어려웠다. 어색한 점심시간을 피해 나는 혼자만의 영도 탐험을 시작했다. 텅 빈 다누비열차를 타고 태종대를 돌아보고, 탁 트인 청학배수지전망대에서 부산항대교를 멍하니 쳐다보기도 하고, 영도하늘전망대에서 발아래 비치는 파도를 그림자놀이처럼 밟기도 하며 접히지 않는 시간을 펴 보냈다.

어느 날 짧지 않은 야근을 앞두고 포장한 음식을 들고 영도해녀촌이 있는 중리노을전망대를 지나 목장원 아래 주차장에 차를 세웠다. 차 안에서 우동과 유부초

밥을 먹으며 바라본 어스름한 묘박지 위의 하늘은 어찌나 시리던지. 후루룩 우동을 비우고, 나는 길 건너 노을 진 75광장으로 발길을 옮겼다. 죠지의 〈let's go picnic〉을 들으며 눈물을 흘리는 나의 모습을 누가 보았다면 참 사연 많은 사람처럼 보였을 텐데…… 지금 돌이켜보면 당시 직원들은 나에게 친절했고, 이 모든 감정은 조직에 적응하지 못한 지극히 F적인 신입사원 시절을 누려보는 이의 청승이었으리라. 그렇게 나는 조금씩 영도의 구석구석마다 외로움을 숨겨놓으며 새로운 일상에 적응해나갔다.

"어디에서 오셨어요?"
"부산에서요. 저 영도에서 일해요."

편의점에 들러 주전부리를 고르던 중, 사장님의 질문에 답하다 나도 모르게 깔깔 웃음이 터졌다. 부산 사람인 내가 영도에서 일하면서, 영도의 가장 안쪽에 위치한 호텔에서 묵는다니. 해가 지면 모두가 서둘러 섬을 탈출하기 바쁜 동삼동에서 말이다.

'빛난다, 영도' 글쓰기 프로젝트는 나에게 특별한 경

험을 선사했다. 주말마다 숨을 헐떡이며 신선3동 공영
주차장을 오르내리게 하고, 맨눈으로는 바라보기도 힘
든 눈부신 흰여울길을 걷게 만들었다. 서울에서도 한
자리에 모으기 힘든 시인님들을 내 눈앞에 데려다주었
고, 하루 두 시간은 그 어느 때보다 영감으로 가득 채
운 밀도 높은 시간이었다. 그리고 건너편 건물에 비치
는 하리항의 아름다운 윤슬을 오롯이 만끽할 기회를
주었다.

　사 년 전, 외로움에 시달리던 신입은 어느새 사라졌
고, 그 자리에 새로운 동료들을 따뜻하게 맞이하는, 그
래도 아직 막내이고 싶은 마음을 간직한 사 년 차 '영
도러'가 자리잡았다. 이제 영도에서 맺은 인연들은 손
가락과 발가락을 모두 써도 헤아릴 수 없을 만큼 많아
졌다.

　영도문화도시센터의 다정한 프로그램은 깡깡이마을
구석구석을 같이 걸으며 나에게 영도의 과거와 현재를
알려주었고, 커피향 짙은 봉래동 물양장과 가슴이 뻥
뚫리는 아미르공원에서 계절마다 열리는 축제는 나를
영도의 일상과 비일상을 모두 경험하게 해주었다.

매일 아침 섬으로 출근하는 나에게 영도는 날마다 다른 모습을 보여준다. 어느 날은 구름모자를 쓴 산할아버지처럼 포근하고, 또 어느 날은 베벌리힐스처럼 반짝반짝 빛난다. 이제 영도는 단순한 직장이 아닌, 하루의 반나절을 보내는 내 삶의 중요한 한 부분이 되었다. 앞으로도 숨겨진 매력을 발견하고 또다른 이야기를 만들어가며, 영도를 아는 만큼 더욱 사랑하게 될 것이다.

이경민

나만의 색을 지키는 촌스러움을 사랑한다. 미사여구 없는 문장 속에 나의 길이 있다고 믿는다.

사투리와 함께 내가 밀어냈던 것

톱니바퀴 돌아가듯 하루가 이어진다. 현관문을 열고 나가면 어제 스쳐간 나무가 가만히 심겨 있고, 낯선 사람이 운전하는 버스에 올라타 회사로 향한다. 수많은 서울 사람 틈에 파묻혀서 일을 하면 달마다 월급이 나오는데, 그 돈으로 밥을 지어 먹는다. 그 과정에서 무언가를 잃어버린 듯했다. 문득 아득한 기분이 들어 내 안을 살피다가 멈추곤 했다. 나는 잃어버린 게 무엇인지 잊어버렸다.

그 무언가는 어떻게 해야 되찾을 수 있을까 고민하던 중 연인이 말했다. 부산으로 가자고, 바다 근처에서 잠시 글을 쓰자고. 나는 망설이다 결국 SRT 기차표 두 장을 예매했다. 글이 물고기도 아니고 바다가 있어야 숨쉬듯 쓸 수 있는 건 아니다. 그저 내가 세차게 돌리

고 있던 톱니바퀴를 어그러뜨려서 잃어버린 무언가를
되찾고 싶었다.

부산역에 도착하자 짙은 파랑의 바람과 함께 부산
의 풍경이 한꺼번에 쏟아졌다. 구불구불한 산자락이
도시를 감싸안았고, 그 아래로 달리는 파란 버스들이
무심하게 지나가고 있었다. 그리고 당연하게도 사투
리가 들렸다. 부산의 말투는 대구와 조금 다르지만 여
전히 같았다. 높아지다 느리게 꺾이는 억양, 짧게 뱉는
끝맺음. 단호한 말투 속에 숨어 있던 다정함.

서울에 살면서 사투리를 아주 잊어버리고 싶었다.
내게 사투리란 흙이 묻은 감자, 김치 냄새가 새어나오
는 락앤락을 들고 버스에 타는 것, 미디어에서 귀엽다
며 농담하는 무언가였다. 그에 반해 서울말은 식빵 위
에 가지런히 올려진 아보카도였으며, 의미를 알 수 있
는 불어였다. 상경하고 나서부터는 내 혀에 붙은 감자
와 락앤락이 그만 부끄러워져 입을 다물었다가 아보카
도를 씹고, 불어를 따라 하기 시작했다. 그게 부끄러운
줄도 모르고.

사투리와 함께 내가 밀어냈던 것들이 그리워졌다. 촌스러움, 엄마의 무례에 가까운 애정들, 무심한 듯 종종 오던 아빠의 연락 같은 것들. 그것들을 휴대전화 메모장에 쓰다가 나는 더이상 생각하고 싶지 않아졌다. 생각할수록 다시 가지고 싶어져서. 스스로에게 과분한 것을 잃어버렸음을 자조하며 부산에서 잠들었다.

어쩌면 내가 그토록 잃어버렸다고 느꼈던 것은 무심한 일상의 조각일지도 모른다. 내가 무엇을 잃어버렸는지 생각할 수 있었던 이유는 부산에서 보았던 사람들이 각자의 소중한 무언가를 간직하고 있었던 덕분이었다. 다시 서울로 돌아가면 톱니바퀴는 움직일 것이고, 월급을 받아 밥을 지어먹을 것이다. 하지만 그 속에서 내가 놓치고 있던 것들을 조금씩 줄이고 싶다는 작은 희망이 생겼다.

수서역에 내리자마자 다시 바쁘게 움직이는 사람들 속에 섞여들었지만, 그전과는 조금 다른 마음이었다. 그리운 것들을 품으며 살아가고자 했다. 이제 잃어버린 것을 되찾을 시간이다.

4부 　　　　　종종 생각나고, 총총 돌아오고 싶은

이경화

생의 한가운데를 육중한 몸으로, 스스로는 가볍다 여기며 사뿐사뿐 걷고 있는, 연년생 자녀를 둔 독서 애호가. 살아간다는 게 물길 같다고 자주 생각한다.

영도(影島)의 영도(靈島)

　방랑에도 무늬가 생깁니다. 수십 년 시간의 바람 속을 떠도는 동안 숱한 먼지가 되었다가 바다 어느 분분한 입자에 내려앉은, 세상 모든 것에 깃든 역사를 생각합니다. 기차 안의 암전은 파도가 수만 번 암각화를 새기던 서슬 퍼런 어머니의 숱한 밤들을 상상하게 합니다.

　정오의 바다에 서서 시인이 되고 싶었노라 저당잡힌 꿈을 꺼내보는 노모의 두 눈에 윤슬 반짝이는 바다의 비늘이 차오르는 것을 봅니다. 내 어머니의 고향은 영도. 아치섬이라고 했지요. 당시 풍광이 어찌나 아름다웠던지 생각만 해도 눈물이 날 것만 같다던 곳. 지금은 해양대학교로 대표되는 지역인데 얼마나 변했는지 고향 떠난 후 가본 적이 없다던 곳. 바다를 메워 다리

를 놓아 물길을 갈라치고부터 당신 마음도 등진 채 그
리워만 하다 돌아온 자리라고.

푸른 것의 경계에 아이가 서 있어요. 손에 쥔 흰 꼬
리연처럼 바람 부는 날에만 따라붙으며 넘실대던 환상
통처럼 꿈이란 게 있었다지요. 아이의 보드레한 손과
거칠게 뒤틀린 노모의 손에 닿는 바닷바람은 평등하여
어쩐지 세월을 되감기라도 한 듯 숨이 가빠와요.

항구로 돌아가지 못한 배가 머무는 곳을 묘박지라
고 한다지요. 제주도와 여수, 신안, 목포 등 질곡의 역
사 속에 피란민들이 그물 엮듯 서로 엮이어 살아가던
곳 영도. 절영의 영이 명마를 품은 영도(影島)이기도 하
지만 고향으로 돌아가지 못하고 한으로 남은 이들의
영도(靈島)일지도 모를 일입니다. 흰여울마을을 지나
오며 떠도는 것들의 마음을 생각하다가 다시 어머니에
게로 돌아옵니다. 그러다 다시 나로.

푸른 파도가 끝없이 밀려와 육지에 이르러 하얗게
부서집니다. 파도의 되새김질은 반복되는 것인지, 번
복되는 것인지 알 수 없지만 종국엔 태초의 고향으로

돌아가기 위해 각자의 생에 열렬히 부딪히는 중이라는 생각이 들었어요. 백 년 가까운 세월을 두드리다보면 먼지처럼 어디든 내려앉을 곳 있겠지요.

절영해안 따라 태종대로 향하는 동안 엄마는 날씨가 좋다며 가을 풍광에 젖어듭니다. 그러고는 또 어린아이가 되어버린 듯, 매립 전엔 벼랑길이 아주 무서웠다고 작게 속삭이듯 말합니다. 초등학교 시절에야 마이크로버스가 다니기 시작했다고요. 오가는 길은 편해졌지만 약한 지반 탓에 비만 오면 무너지던 길 따라 낭떠러지로 차들이 굴러떨어지던 시절이었다고. 오늘은 그럴 일이 없을 거라고 힘주며 말하는 노모 입가로 주름이 물결처럼 번집니다.

태종대 근처의 숙소는 바다를 간척해 만든 작은 어촌 마을로 방파제가 가드처럼 둘러져 있었어요. 우연인지 필연인지 배정된 호텔 방은 창 너머로 해양대학교와 아치섬이 바투 보이는 곳이었고요. 아낙들이 빨래터에 놓고 간 빨랫돌이 날아가 만들어졌다는 아치섬을 보노라니 외할머니 손잡고 간 밭에서 해풍을 견디는 시금치처럼 종일 기다림을 견디던 어린 엄마의 얼굴이 서늘해진 바닷바람과 함께 아지랑이처럼 일렁거렸어요.

선주였다던 할아버지와 마을 어른들은 시꼬미[1]를 싣느라 분주했을 겁니다. 맞은편 성황당의 쌓아놓은 돌틈으로 녹아내리던 누군가의 진물 같던 촛농도 있었을 테고요.

바람 잦은 곳이라 출항 전 용신제는 중요한 일이었지만 어른들조차 손사래를 치던 터라 어린 엄마는 가본 적 없었다고 해요. 우연히 잡은 숙소가 과거의 그 자리라니. 현재진행형인 호텔에 들어서자 잊힌 객들을 조우하러 오게 된 게 아닐까 읊조리던 알 수 없는 눈빛의 엄마.

무심한 세월처럼 바람은 염원이 깃든 촛대 위로 불안하게 지나곤 했겠지요. 파르르 떨리며 사위어가던 불빛은 산불을 감시하는 태종대 불지기의 눈을 피해

---

1 쌀, 부식품, 상비약, 기름 따위의 배에서 필요한 것 일체를 이르는 말.

소나무 갈비를 긁어 도망치던, 그리하여 낭떠러지로 떨어지던 피란민의 눈빛을 떠오르게 했고요.

우우 노랫소리인지 웃음소리인지 모를 소리들이 귓전을 울려요. 눈떠보니 여럿의 여자들이 원형을 이루고 모여 있는 모습이 찰나에 지나가요. 배경은 비린 내 나는 바닷가의 어느 돌벽 근처였다가 하얀 침대가 있는 방안으로 다시 돌아옵니다.

비몽사몽 정신없이 몰려드는 졸음을 휘휘, 쫓으며 밖으로 나와 찬 공기에 몸을 담그고 저물어가는 바다를 걷습니다. 테트라포드 위로 난간처럼 낚시꾼들이 바다를 배웅하듯 서 있네요. 방파제 아래 산책로에는 늙은 암고양이 한 마리가 힘 빠진 멀건 얼굴로 나를 올려다보고는 느릿하게 물결처럼 지나쳐갑니다.

스멀스멀 바다 내음이 눅진한 대기를 타고 엄습하듯 감겨오자 퍼뜩 뒤돌아봅니다. 기억을 자꾸만 흘려버리는 엄마는 춥지 않냐는 내 말에 아랑곳없이 오롯이 바다만을 향해 있었어요. 노을빛에 물들어 눈시울이 덩달아 붉어진 채로 말이지요.

어두워지자 바닷바람의 거센 항의를 온몸으로 받으며 축축하게 젖은 채 생각합니다. 돌아갈 곳이 있어 갈 수 있다면 다행이지만 돌아갈 곳이 없어진 것들은 어디에 남겨져야 되는지. 마음이 점점 물속으로 가라앉아요. 바닥에 이르자 마침내 가장 아래에 머물렀던 분분한 무언가 부유물들이 먼지처럼 상승하기 시작합니다.

불현듯 오래된 것들을 떠올렸어요. 오래된 것들은 염소처럼 힘이 셉니다. 원형 회귀를 꿈꾸며 엄마와 나를 불러들인 것은 추억이 아니라 오래된 것들의 합의에 가깝지 않을까 생각했어요. 무수히 떠돌던 시간의 역사 속에 깃든 마음들이 원형의 세월에 가까워진 엄마를 불러낸 거라 나는 생각했지요.

밝게 일렁이며 거대한 관(棺) 전시관 같은 숙소 건물에 불빛이 켜지자 시선은 등대 건너편의 아치섬을 향했습니다. 창 너머 해양대학교 큰 글씨에 빛이 들어와 박힙니다. 오래된 패총이 발견되면서 순식간에 조개더미에 밀려 파헤쳐진 엄마의 기와집도 기억 속 어느 지점에선 불을 켜고 있을 테지요. 이제는 미등처럼 흐릿

한 세월 뒤로하고 엄마는 어디를 향하는 것일까요.

절영도 아치섬을 반원 그리며 흙길 따라 걷습니다. 낭떠러지 아래 좁다란 해안선엔 시금치밭이 길게 늘어서 있습니다. 인절미를 들고 있던 손으로 지금의 자갈보다 한 주먹은 더 큰, 왕 자갈돌을 들어올릴 때마다 탄성을 자아내던 추억들이 금방이라도 떠오를 것만 같아 입안에 자꾸만 소금기가 돕니다. 그 기억들은 비로소 바다의 무늬가 됩니다.

이영현

사라지는 것들 속에서도 여전히 존재하는 빛을 모아 글로 남기는 일을 한다. 때때로 문장이 저를 살게 했기에 그 빛을 기록하고 건네는 일에 마음을 둔다. 반려 친구 뽀야가 곁에 있어 보통의 나날들을 살아가고 있다.

한 문장을 건네받았습니다

저는 지금 당신을 딛고 서 있습니다. 처음 만나는 당신 소식을 도착하기 전에 들었습니다. 사라질 위기에 놓여 있다는 당신에 대해. 첫 만남부터 서글픔을 감출 길 없지만, 당신을 비출 수 있기를 바라며 이 글을 씁니다. 그래도 아직 당신을 만날 수 있어 감사한 마음입니다.

사라지는 것들과 헤어지며 살아갈 수밖에 없는 것이 삶이지만, 그럼에도 붙잡고 싶습니다. 떠나간 이후 남겨진 삶을 살아가는 건 힘든 일이니까요. 익숙해지지 않으니까요. 남겨지는 것은 참으로 무겁고도 무서운 일이니까요. 당신이 사라지면 그 자리는 그리움으로 가득하겠죠. 그전에 당신을 글로 남길 수 있어 얼마나 다행인지 모릅니다.

당신은 전쟁으로 고통받던 무수한 피란민들에게 안식처가 되어주었습니다. 기억하시나요? 당신 덕분에 수많은 이가 다시 살 수 있었습니다. 그 안에 사랑이 있었습니다. 분명 존재했던 당신의 그 사랑을, 이제는 당신께 돌려드리고 싶습니다.

그러니까 이 글은 소멸이라는 틈을 비추는 빛에 대한 이야기입니다. 비가 그친 뒤 구름 사이로 비추는 햇빛이 되어주는 당신에 대한 이야기입니다. 소멸 속에는 소멸만이 있는 것이 아닐 거예요. 존재하는 빛을 포기할 수 없어 이렇게 씁니다. 포기할 수 없어 함께 쓰는 연대가 지닌 힘을 믿습니다. 흩어져가는 당신의 조각들을 어우릅니다. 그 빛나는 순간들을 기록하려, 당신이 증여한 빛을 한데 모아봅니다.

"바다의 모든 말들이 시의 몸이 되어 늘 되살아나기를 바란다."

시인께 한 문장을 건네받았습니다. 말할 수 있을지 몰랐던, 좋은 것들을 글로 쓸 수 있을지 의심하던 저에게 도착한 문장입니다. 뜻에 침잠하지 말고 좋은 걸 보고 그걸 글에 담으면 된다고, 그렇게 쓸 수 있다고 말하는 시인의 문장을 그의 눈빛과 미소가 감싸고 있었습니다. 그 문장이 앞으로 제 미래가 되어 저를 구할 겁니다. 그 문장 덕분에 살아낼 수 있을 겁니다.

당신을 통해 받은 시인의 문장을 따라, 당신을 감싸 안은 바다의 속삭임을 수집하러 다녔습니다. 그때 우리는 대화를 나눈 것도 같습니다. 당신의 응원을 들은 것만도 같고요.

태종대에서 당신을 빛나게 해줄 노을을 만나러 가는 길에, 함께한 친구가 넘어졌어요. 친구가 아픈 다리를 절며 걷는 와중에도 저는 서둘러 노을을 보러 가야 한다는 마음뿐이었습니다. 친구를 뒤에 두고 앞서가다 마침내 마주한 저녁놀이 비추는 바다는 급할 필요 없다고, 자기는 언제나 그 자리에 있을 거라고 속삭였습니다. 어서 친구를 돌보라고요. 앞서가지 말고 친구를 돌아보며 함께 가라고요. 느긋한 기분을 안겨주는 당신이 그 자리에 있는 것만으로도 이 세상은 아름다웠지요. 돌아오는 길에 고생했을 친구에게 미안함을 전하며, 꽃구름이 일고 있는 하늘 아래서 함께 천천히 걸어내려왔습니다.

다음날 아침, 사부작사부작 걸으며 숙소 앞에서 마주한 바다. 당신을 둘러싼 풍경은 오늘처럼, 때로는 삶이 눈부실 수 있음을 말하고 있었습니다. 이 찰나가 문장으로 남아, 바다에 비치는 윤슬 같은 이야기가 되어 다만 걸을 수만 있다면 얼마나 좋을까요. 그런 나를 마주하게 된다면요.

흰여울마을의 당신은 바다, 햇살, 바람을 통해 다양한 나라에서 온 관광객들에게 웃음을 전해주고 있었습니다. 좋은 것을 나누면 다 함께 행복해질 수 있다고 알려주는 듯했습니다.

복천사에서 만난 당신은 아무도 없는 그곳에서 홀로 앉아 있는 저에게, 바다를 참 좋아하는 한 사람을 떠올리며 오래도록 대화할 수 있는 자리를 마련해주었죠. 좋은 걸 볼 때 그 사람도 함께 보는 거라고 믿기에, 그에게도 아름다움을 보여준 복천사와 바다를 고마움을 담아 눈으로 쓰다듬어주다 돌아왔습니다.

당신이 내어준 모든 장면을 고이 담아왔습니다. 저절로 평온함도 함께 마음에 담겼어요. 당신이 지닌 푸른빛을 마음에 섞으니, 괴롭지 않았습니다. 거기엔 한 문장만큼 나아가자는 소망도 담겼습니다.

잠시 머물다 갑니다. 씨씨윗북을 품은 흰여울마을, 태종대, 복천사. 그 모든 것이 당신 안에 있었습니다. 그 사실에 더없이 고맙습니다. 짧은 만남이었지만 그것으로 충분합니다.

사람을 살리기에 충분한 햇살, 바람, 노을, 바다, 서점의 빛을 품은 당신이 부디 그 자리에 있어만 주기를.

이지연

시의 매력에 빠져 '방방곡꼭 영도'에 참여했고, 지금은 구도심 영
도 백년어서원에서 문학 공부를 한다. 부모님을 모시고 사는 삶에
감사하고 있다.

영도 유행가

작년 여름, 친구와 흰여울마을에 갔다. 나보다 여덟 살 어린 그 친구는 "형님, 영도에 괜찮은 곳이 있는데 같이 안 갈랍니까?" 하며 친근한 말투로 영도를 끄집어냈다. 함께 도착한 흰여울길은 무더운 한낮이었다. 버스 정류장에서 출발해 좁고 가파르며 나지막한 계단과 구불구불한 골목길을 따라 내려갔다. 그늘진 담벼락 샛길에서 처음으로 마주친 짙은 먹색의 고양이 한 마리. 정오의 나른함을 쫓듯 허공에 헛발질을 하며 뒹굴다가 기척에 놀라 당황한 고양이. 흐르는 잠깐의 정적. 매서운 눈은 우리를 흘깃 쳐다보고는 몸을 일으켜 대문 안으로 사라졌다. 고양이 마을에 방문한 걸까? 코앞에서 반짝이는 햇살에 눈이 부셨다. 고개를 들어 보니 소실점으로 내닫는 흰 담벼락과 돌담과 파란 지붕 사이로 그림 같은 푸른 하늘과 바다가 있었다.

"와! 여기 정말 예쁘다." 탁 트인 산책로에서 보이는 바다는 윤슬이 눈부시게 일렁이고 햇빛에 잘 말린 솜 같은 하얀 구름은 수평선을 향해 긴 꼬리를 남기며 입체적인 원근법을 구사하고 있었다. 저 구름은 어디로 흘러가는 걸까? 담벼락에 기대어 들쑥날쑥 해안선을 따라 이어진 갯바위와 몽돌해변을 보았다. "해녀가 있어요." "어? 진짜네!"

끊임없이 부딪치는 파도 소리를 들으며 덩달아 생기는 박자감에 가벼운 발걸음으로 숲 가까이 걸어가니 매미 소리가 들려왔다. "형님, '하늘타리'가 있네요. 저기 하얀색 꽃 테두리에 실을 풀어놓은 덩굴 식물을 보세요!" 미리 공부해온 친구 덕분에 귀를 열어두고 나머지 감각으로 영도를 느끼며 산책로를 걸었다.

"형님, 절벽과 바다가 맞닿은 여기에 어떻게 마을이 생겼는지 아세요? 갈 곳 없던 피란민들이 척박하고 가파른 절벽 위에 터를 잡고 집을 짓고 살아가기 시작했고 지금도 살고 있지요. 저기 맞은편에 송도가 보이지요. 송도를 마주한다 해서 '이송도'라 불렸다 아입니

까. 그러다가 태풍이라도 오면 다 떠내려가고 삶이 고
달팠지요. 골목길이 좁고 구불구불하잖아요. 그게 다
봉래산에서 내려오는 물길로 생긴 거라예. 지붕도 낮
잖아요. 추워서 그렇게 지었대요. 빈터에 담을 쌓고 벽
을 만들고 흙으로 메우고 옆에 남아 있는 터가 있으면
또 집을 올리고, 지붕과 옥상을 보소. 길이도 크기도
모양도 제각각 아입니까. 여러 색과 모양의 자투리 천
을 이어서 만든 조각보 같지요." "그러네, 당시의 삶을
다닥다닥 붙인 듯해서 더 애달픈 것 같아."

봉래산 물줄기
하얀 거품을 물고 바다로 내닫다
구불구불 골목길이 되었네

삶에 움츠린 낮은 지붕 굽이굽이 낮아져도
지붕과 지붕 사이 비좁은 틈에서
푸른 하늘
푸른 바다

그리고 소복소복 흰 눈

골목길 지나 곰솔숲을 지나
가파른 갯바위에 올라
바닷바람을 맞이하는

흰여울로 가는 길

　태종대는 바람 소리다. 그날은 바람이 많이 부는 날
이었다. 부산하게 부딪치는 잎과 나무 사이로 메아리
가 되어 돌아오는 새소리, 숲에서 부는 산바람과 숲으
로 부는 바닷바람에 빨개진 귓불과 서늘하게 닿는 옷,
높고 가파른 산과 해안절벽 아래 아찔한 바다, 바위에
부딪히는 세찬 파도, 거센 바람 소리, 일렁이는 숲과
바다의 절경이 영도 태종대와의 첫 만남이었다.

　아침부터 오른쪽 귀가 아팠다. 귀가 부으면 소리가
많아진다. 때론 새소리, 때론 바람 소리가 귀 안에 자
리를 잡고 종일 운다. 무거운 몸으로 누워 있을 때 들
리는 소리가 싫지 않았다. 어떤 때는 태종대 해안절벽
의 바람처럼 휘몰아치기도 하고 어떤 때는 흰여울길에
서 만나는 바람처럼 잔잔하고 부드럽다. 눈을 감으면
태종대에서 내려다보는 가파른 절벽과 바위에 부서지

는 파도 소리와 바람 소리가 선명해져 그 장소로 이동하는 것 같다.

수리조선업의 애잔한 이야기가 전해지는 대평동 깡깡이마을에서는 지금도 배를 수리한다. 도로 곳곳에 도색하는 페인트 냄새가 난다. 걸어다니는 길바닥은 철가루로 시커멓다. 기계와 부품을 용접하고 조립하다가 한낮 햇볕에 쪼그리고 앉아 쉬고 있는 인부들의 모습에서 따뜻한 쇠 냄새가 났다. 그들의 삶의 터전을 직접 보기 전까지는 깡깡이마을을 곳곳에 있는 예술 작품과 선박과 유람선 체험을 하는 관광지로만 생각했다. 다양한 선박 부속품과 주민들의 추억이 전시되어 있는 깡깡이마을박물관에는 손때 묻은 망치, 녹슨 망치, 퀼트 망치 그리고 이 아무개의 삶, 금가고 고달픈 마음도 녹슬고 부식된 채 옆에 전시된다. 소주 한잔에 돼지고기 한 점, 시집을 펼치고 바라보는 영도 바다.

깡깡깡!
망치로 쳐내는 게
녹슨 껍질만은 아니지
땀과 쇳가루 범벅으로 줄에 매달린 게

징글징글한 목숨만은 아니지

바다 한가운데 있는

맨살의 생애들

이지연

2022년, 강원일보 신춘문예에 동화 「광개토여왕」으로 등단했다. 요즘은 종종 작가인 척하는 주부이자, 때로는 주부인 척하는 백수로서 나름대로 글과 삶의 균형을 탐구하고 있다.

여기서는 한 다리만 건너면 다 알아

영도를 다시 찾은 것은 이십 년 만이었다. 학과에서 추천한 프로젝트에 참여하기 위한 일정 때문이었다. 여유가 있어 해안 쪽으로 차를 몰았다. 집에서 이십 분이 채 걸리지 않고 원하는 장소에 도착했다. 이렇게 가까웠나? 그것이 오래된 기억 속의 섬을 다시 마주한 첫 감상이었다.

"여기서는 한 다리만 건너면 다 알아."

영도에 사는 동창과 태종대에서 조개를 구워 먹으며 나눴던 대화였다. 바다를 좋아해서 일주일에 한두 번은 바다를 찾았지만, 그날 이후 영도에는 발길을 두지 않았다. 일부러 피한 것은 아니었지만 개인적인 생활 영역을 중시하는 성향 탓에 무의식적으로 거부감이

들었던 것일지도 모른다.

바람에 실려오는 소금기 어린 공기가 감정을 일깨우듯 옅게 파고들었다. 잔잔하게 반복되는 파도 소리가 그동안의 무심함을 질책했고, 다채로운 빛깔로 퍼져나가는 해수면이 돌아온 발걸음을 반겼다. 해운대처럼 화려하지 않지만 소박함이 녹아 있고, 다대포 같은 생태공원은 없지만 줄지은 고기잡이배들 틈에 인생이 끼어 있었다. 바다는 영도의 생명줄이자, 주민들의 터전이라는 말을 들은 적이 있다. 여기서 살아가는 사람들은 바다를 두려워하면서도, 동시에 그 깊은 품에 기대어 살아간다는 것이다. 산책로를 따라 걸으며 바다와 삶이 맞닿아 길게 이어져온 영도의 영원을 온몸으로 음미했다.

걷다보니 골목으로 이어진 알록달록한 벽화들이 눈을 사로잡았다. 유혹에 못 이긴 척 그쪽으로 방향을 틀었다. 구불구불 이어진 길을 따라 옹기종기 모여앉은 건물들은 마치 지중해의 작은 마을을 연상시키듯 파란 하늘과 맞닿아 있었다. 그 사이를 갈매기들이 어우러져 날아다니니 해안에서 바라본 마을은 한 폭의 그림

같은 풍경이었다. 하지만 골목 안으로 발을 옮기자 전혀 다른 모습이 펼쳐졌다. 오랜 풍파를 견뎌온 골목들이었다. 낡은 담벼락과 노후화된 집들이 즐비한 좁다란 길은 '한 다리 건너면 다 안다'라는 친구의 말이 허언이 아니었음을 증명하는 모양새였다. 오랫동안 지켜온 삶의 흔적들이 구석구석 발견되었다. 벽화는 그들을 보듬는 예술가들의 따뜻한 손길 같았다. 담벼락에 생채기처럼 나 있는 금이 붓질과 함께 강이나 길로 거듭났고, 지워지지 않는 균열들은 덩굴식물이 뻗어나가는 모습으로, 벽의 거친 질감은 주근깨나 주름으로 다시 태어났다. 세월의 잔상을 고스란히 품은 채 예술로 승화시킨 흰여울문화마을은 익숙하지만 낯선, 아늑하면서도 신비로운 감성을 풍기며 방문객을 맞았다.

바다의 내음이 묵묵히 배어 있는, 한 다리만 건너도 서로가 다 안다는, 그들의 이야기에 빠져 있다가 약속 시간이 다 되어서야 부랴부랴 지도를 켰다. 분명 근처인데 지도가 가리키는 곳에 카페가 없었다. 핸드폰 화면에는 내 위치와 카페 위치가 겹쳐 있었다. 같은 길을 두세 번 돌아도 보이지 않자 설마 내 눈에만 보이지 않는 건가 싶은 착각도 일었다. 그러다 앞에서 걸어오던 고양이가 감쪽같이 사라지는 것을 목격했다. 마치 해리 포터가 숨겨진 승강장을 찾아내듯 세심하게 주변을 훑으며 다가가자, 아까는 보이지 않았던 좁은 통로가 눈에 띄었다. 통로를 지나자, 계단이 아래쪽으로 길게 이어져 있었다. 판타지 영화 속 한 장면 같은 곳에서 당당히 주인공이 되어 계단을 한 걸음씩 내려가자 상상하지 못한 탁 트인 공간이 나타났다. 사라졌던 고양이와 함께 카페가 마법처럼 모습을 드러냈다. 나를 발견한 고양이가 기지개를 한번 켜고 담벼락을 넘어 사라졌다. 어쩌면 숨은 그림 같은 놀라운 장소에서 또다른 판타지의 주인공을 기다리고 있을지도 모르겠다.

부산의 바다 한가운데 위치한 섬, 영도는 그 자리에서 묵묵히 세월의 흐름을 담아내고 있다. 도시의 빠른 변화 속에서도 흔들리지 않고 그만의 고요한 리듬을 간직하며 사람들과 함께 살아 숨쉬고 있다. 발을 들이는 순간, 마치 시간을 거슬러 돌아간 듯한 기분을 느낄 수 있을 것이다. 영원이 깃든 섬에서 차분한 걸음으로 그들의 이야기를 들으며 여유를 느껴보기를……

이한나

부산에서 나고 자랐으며 현재 서울에서 에디터로 일하고 있다. 책과 음악, 영화를 가까이 하는 삶, 이것저것 읽고 쓰는 삶을 지향한다. 서울에서의 일상에 대체로 만족하며 살다가도, 불현듯 바다 앞에 우두커니 서 있고 싶은 충동을 느낀다.

이 지극한 사랑의 섬

내가 기억하는 두번째 나의 집은, 영도구 동삼동 고신대학교 아래에 단지를 이루고 있던 아파트였다. 그 집에서 나는 일곱 살부터 열두 살까지 살았다. 집 바로 옆에 초등학교가 있었고, 가끔 엄마는 하교 시간에 맞춰 베란다 창문을 열고 얼굴을 내밀어 귀가중이던 나를 찾았다. 타고난 성격 탓에 크게 티내지 못했지만, 낮에도 달처럼 떠 있던 엄마의 얼굴을 보는 게 좋았다. 그런 엄마가 나를 집에 두고 외출을 할 때면, 나도 엄마처럼 베란다 창문에 바짝 붙어 아래를 내려다보곤 했다. 엄마가 집에 빨리 오기만을 바라며. 그런데 어떤 날은 문자 그대로 '아무것도' 보이지 않았다. 해무 때문이었다. 영도의 안개는 모든 풍경을 집어삼켰다. 눈이 내린 것도 아닌데 온 세상이 하얗게 보였다. 안개가 자욱한 어느 날 엄마와 함께 마트까지 걸어간 적도 있었는데, 세상 모든 것이 뿌옇게 사라지고 나를 향해 내민 엄마의 손밖에 보이지 않았다. 나는 그 손을 더욱 꽉 붙잡았다.

그 무렵에는 영도에 사는 사람들을 꽉 붙잡고 있다는 삼신 할매 이야기도 듣게 되었다. 이 할매는 영도 봉래산에 깃들어 있는데, 영도에 살다가 다른 동네로 이사 간 사람들을 못살게 군다고 했다. 영도 밖으로 이사를 하면 망해서 영도로 돌아온다더라, 엄마는 그 말에 큰 무게를 싣지 않고 경쾌하게 말했다. 그 할매는 참 고약하고 오지랖이 넓네, 어린 나는 생각했다. 어쩌면 삼신 할매는 영도를 너무나 사랑했는지도 모르겠다. 사랑이 주체할 수 없는 힘으로 전환되면 뭐든 꽉 움켜쥐고 싶어지니까. 우리 가족은 내가 초등학교 5학년이 되던 해에 영도를 떠났다. 새로운 동네로 떠나는 택시 안에서 자문했던 것 같다. 우리는 이제 삼신 할매의 저주를 받아 망하게 될까? 다행히 우리집은 지금까지 망하지도, 망한 채로 영도에 돌아가지도 않았다. 다만 이따금 그리워졌다. 살가웠던 이웃과 친구들, 짙은 안개와 거센 바람, 그리고 버스를 타고 오갈 때마다 새파란 바다가 선명히 보였던 영선동의 길가 풍경. 이제 그 길 주변은 흰여울문화마을이라는 이름의 관광지가 되었다. 이십여 년 전 영도의 이름난 관광지라고는 태종대뿐이었는데.

국가지정 명승 제17호인 태종대는 영도 바다의 매력을 느낄 수 있는 전통의 관광지라고 할 수 있다. 그러나 내가 태종대라는 단어를 떠올릴 때 바다 풍경보다 먼저 어른거리는 건 할아버지의 검은 승용차다. 마을버스 운전기사셨던 할아버지의 차는 할머니와 나, 동생을 태우고 종종 태종대로 기세 좋게 향했다. 지금은 불가능하지만, 당시에는 일반 차량의 내부 진입이 가능했다. 할아버지는 어린 손주들에게 조금이라도 더 많은 것을 보여주고 싶으셨던 것 같다. 그렇게 가다, 서다를 반복하며 태종대 여기저기에서 찍은 사진들이 여전히 사진첩에 남아 있다. 자갈마당, 자살바위, 날이 좋으면 저 멀리 일본의 대마도까지 보이던 바다의 절경, 어렸던 나와 동생. 그러나 그 사진들을 찍어주신 두 분은 이제 여기에 없다. 사진 속에서 희미하게 웃고 계신 할아버지도, 늘 무표정에 가까운 얼굴이셨던 할머니도. 주인공 없이 남겨진 사진을 보며 비로소 생각해보게 된다. 무엇이었을까. 늙고 피곤한 몸으로 댁에서 우리집까지, 녹록하지 않은 거리를 운전해서 손주들을 만나러 오는 마음은. 어른이 된 나는 그것을 '지극한 사랑'으로 이해한다. 태종대 자살바위 뒤에 모자상을 세웠던 사람 역시 그 사랑의 힘을 빌고 싶었겠지. 한 존재를 세우고, 일으키는 힘이 사랑에는 있으니까.

스스로 세상을 등지는 자의 마음을 처음으로 이해했던 고등학교 1학년의 어느 토요일, 나는 아무에게도 알리지 않고 혼자 영도를 찾아갔다. 당시 살고 있던 집과 영도 옛 동네를 잇는 버스를 타고, 종점에서 종점까지. 모든 것은 여전히 그 자리에 있었다. 동삼동의 아파트와 초등학교, 학교 앞 상가, 놀이터, 가끔 부모님이 가시던 중리 바닷가 포장마차촌. 유년 시절의 애정과 온기가 거기에 고스란히 남아 있었다. 그 조각을 몇 점 마음 주머니에 챙겨 집으로 돌아가던 길, 어떤 확신 어린 예감에 사로잡혔다. 인생의 어려움은 마치 저 파도처럼 앞으로도 오고 가리라는, 그럴 때마다 나는 이 지극한 사랑의 섬을 그리워하게 되리라는.

전은진

1976년에 태어났다. '축복이야'라는 이름으로 브런치에 소소한 글을 쓰고 세종사이버대 문예창작학과에서 배우고 있다.

영도는 나에게 두 컷의 사진을 남겨주었다

부산역, 기차에서 내려 역사 밖으로 나오니 광장이었다. 바닷바람이 여기까지 스치지는 않을 텐데 시원함에 탄성이 나왔다. 높은 빌딩 사이 계단처럼, 언덕까지 이어진 건물들이 보인다. 횡단보도를 건너 택시를 타고 영도를 향했다. 처음 와보는 곳. 나는 영도를 사랑해야 한다는 사명에라도 빠진 것 같았다. 평소라면 하지 않을 기사님과의 대화도 과감히 먼저 시작했다. 택시 기사님의 질문이나 길어지는 말을 외면치는 못하고, 속으로는 몸부림치면서 대답하던 나는 잊고. 기사님의 기분 같은 건 생각지도 않고 말이다. "기사님, 영도는 어때요?" "영도는 영도지." "요즘 사람이 많이 없어요?" 어린이 같은 질문에 기사님은 툭툭 끊어지는 말투로 답한다. 모르는 사람이 보면 싸우거나 말하기 싫은 걸로 보이려나. 경상도 찐 바이브를 아는 나는 오히려 기사님이 더 친근했는데 말이지. "와, 국제시장이다. 국제시장은 어때요? 볼거리가 많아요?" "시장이 시장이지. 쫌 큰 시장." "오, 이게 영도다리예요?" 생각보다 너무 작은 다리가 설마 말로만 듣던 영도다리인가 해서 물었다. "영도다리. 최초의 연륙교지. 이거 하루에 한 번 열려, 우리나라 유일 도개교. 영도다리." "아, 이게 영도다리구나." 영도다리를 지나서도 조금 더 달렸다. "여기쯤부터 쭉 걸으면 돼. 마을이 예뻐. 잘 가요." "어머, 여기군요. 감사합니다." 흰여울문화마을, 나의 도착지였다.

흰여울이란 예쁜 이름을 가진 마을. 골목골목을 다니다보면 바다를 만날 수 있다. 전쟁 이후, 생존을 위해 쫓기듯 밀려왔던 피란민들. 작고 볼품없어 보일지 모르지만 그들을 품은 삶의 터였던 집들. 터를 삼았던 사람들은 떠나고 허름한 집들은 남았다. 알록달록 예쁜 벽화를 입고 하양과 파랑을 덮고 관광객을 기다리고 있었다. 아직 실제로 생활하는 분들도 계신다지만, 보통 바다가 보이는 위치에는 아기자기한 커피숍이 있었다. 이국적인 분위기가 풍긴다. 늙어 허름해지고 걸음이 주춤해진 곳에 젊음의 기운이 더해져 있었다. 피란민들이 터를 잡았다는 영도에는, 다닥다닥 붙은 집들이 외로움을 숨기려 서로를 감싸안은 것처럼 엉겨 있었다. 마치 온기를 품으려는 한 덩어리의 물체처럼. 여기저기서 들은 영도의 이야기는 내 머릿속에서 제멋대로 섞였다. 바다에 정박해 떠 있는 배처럼 외로움이 흩어져 있었다. 눈물 같은 바닷빛이 반짝인다.

흰여울문화마을을 둘러보고는 하리항 근처 숙소로 향했다. 새로 난 도로를 이용하니 영도의 바다를 계속 볼 수 있어 근사했다. 파노라마 사진처럼 이어지는 바다. 하리항과 태종대는 가까이 있었다. 태종대 쪽으로 가보고 싶다면 꼭 이 길을 이용해보시라. 예쁜 이름의 하리항. 앞쪽 바다는 남항과 북항을 연결하는 부산항의 관문이다. 멀리는 큰 배들이, 항구 앞쪽은 작은 배들이 보였다. 거인국과 소인국이 한 장면에 함께 있는 듯, 뭔가 어울리지 않는 것들이 절묘하게 섞여 있었다. 영도의 어우름이 좋았다. 오후에 도착한 숙소에서 짐을 풀었다. 도전해보고 싶던 혼자만의 여행은 나의 아이들과 함께하게 되었다. 대신 다른 의미의 처음이다. 열세 살, 여덟 살 하윤이 시연이의 보호자 역할을 오롯이 혼자 맡아 서울에서 부산까지 왔다. 아이들은 새로운 놀이터를 만난 듯 신나서 방방 뛰었고 나는 긴장이 풀려 풀썩 침대에 누웠다. 방방곡곡 시리즈를 기획한 김민정 시인의 강의가 있던 그 시간 아이들은 옆 카페에 있었다. 시연이는 엄마가 보고 싶어 울었다고 했다. 새벽부터 둘을 챙기며 나선 길에 나는 이미 에너지가 소진되었지만, 배고픈지 연신 저녁 메뉴를 묻는 아이들을 위해 몸을 일으켰다. 네이버를 켜서 주변 식당을 검색하니 횟집이 많았다. 회를 좋아하는 첫째와 회를 아직 못 먹는 둘째. 고민하다 횟집으로 가기로 했다. 검색한 곳들은 대부분 규모가 아담하고 그리 멀지 않은 곳에 있었다. 막상 숙소 뒤쪽 몇 군데 횟집 중 아무 곳이나 들어가려니 망설여진다. 결국 우린 입구에서 뒷걸음쳤다. 밥 먹을 곳을 찾아야 했다. 나는 마음이 급한데 아이들은 배고픔은 잠시 잊었나보다. 찾기놀이라도 하듯 신나서 이리저리 고개를 돌린다. 식당을 먼저 발견하고야 말겠다는 듯 눈이 반짝였다. 아마 동네에서 이랬다면 시연이는 입을 쭉 내밀고 힘들다고 했겠지. 여행은 평소라면 번거로웠을 일도 즐거움으로 만든다.

그러다 우연히 찾은 곳, '마린 해장국 백반'이라는

간판이 보였다. 한식뷔페인가. 허름해 보였지만 한식이라는 이름만으로도 안심이 된다. 일단 들어섰다. 메뉴에 생선구이가 있었기 때문이다. 여러 종류의 나물들과 반찬들을 보고 나는 신이 났다. 하윤이도 그럭저럭 만족한 모양이다. 하지만 시연이의 접시에는 밥과 어묵 두 알, 미역국이 다였다. 그러나 다행인 건 생선이 있지 않은가. 생선을 담아주던 식당 주인아저씨가 아이의 접시를 봤다. "왜 이거밖에 안 먹어? 많이 먹지." 나는 민망함에 얼른 거든다. "아이가 아직 매운 걸 못 먹어서요." "그럼, 계란프라이라도 해줄게요." 기름이 반질반질한 노랗고 하얀 계란프라이가 담긴 접시를 내밀며 "이 삼치 내가 배 타고 잡아온 거예요. 맛이 다를걸?" 덧붙인다. 얼굴에는 주인의 자부심이 느껴졌다. 과연 마트에서 사서 구운 생선과는 달리 촉촉하고 부드러웠다. 사장님의 기대에 부응하려 연신 아이들에게 "이거 너무 맛있다. 으음. 역시 다른데. 그렇지?" 하며 눈빛을 보냈다. 대답 대신 시연이가 하얀 밥이 담긴 숟가락을 내민다. 가시 바른 생선을 올려주었다. 아이들은 맛있게 한 그릇을 뚝딱 비웠다.

"엄마, 우리 산책하자." 그 말에 바닷가 쪽으로 걷기 시작했다. 밥을 먹고 나니 어두워진 하리항. 뒤편에는 고층의 푸르지오 아파트가 있고 우리의 숙소도 있다. 누군가의 일상과 여행자의 하루가 나란히 있는 풍경은 묘하게 어우러져 있었다. 기꺼이 자신의 터전을 이방인에게도 내어주는 곳, 그리하여 완전 이곳 사람들만의 공간은 아닌 곳. 바닷바람을 맞으며 등대길을 걷는다. 길 양쪽 불빛들은 별 겯듯 반짝였다. 발소리에 쉬고 있던 갯강구가 뽀르르 움직였다. 하윤이가 놀라 도망가듯 이내 달려간다. 시연이도 누나를 따라 뛰었다. 둘은 별빛 속을 유영하는 천사 같았다. 뛰어가는 아이들의 까르르 웃음소리가 내 볼에 닿는다. 뒤돌아보며 손을 흔드는 아이들의 모습이 마음에 담긴다. 예쁘구나! 이곳.

전진우

열일곱에 부산으로 넘어왔다. 부산에서 날고 기는 사람이 되고자
우선 열심히 기고 있다.

영도라는 글자 앞에 이렇게 슬플 수도 있구나

한때 '익숙함에 속아 소중함을 잃지 말자'라는 말이 유행어처럼 돌곤 했다. 주로 살면서 놓쳤던 만남이나 기회, 경험을 향한 말이기도 했고, 바로 옆에 있는 친구나 지인들을 향한 말이기도 했다. 뒤늦게 후회하지 마라, 있을 때 잘해라, 뭐 이런 뜻이지 않을까.

생각해보면 그렇다. 인간은 망각의 동물이라고 했던가, 곧잘 까먹고, 곧잘 잊곤 한다. 당장 나조차도 엊저녁에 무슨 끼니를 먹었는지 떠올리지 못할 때가 있다. 내 생각엔 무관심할수록 쉽게 까먹고 쉽게 잊어버리는 듯하다.

부산에 살면서도 영도와는 일면식이 없었던 나는 나들이 겸 기분전환을 위해 영도의 둘레길을 걸어다니기로 했다. 날씨가 무척이나 좋았다. 가파른 언덕길을 오르기도 했지만 바다를 타고 오는 선선한 가을바람이 이마를 쓸어내려주곤 했다. 소란에서 벗어나 호화로운 평화를 만끽하고 있었다. 낯선 풍경, 쾌청한 날씨, 조용한 일상, 느긋한 발걸음은 더없이 완벽했다.

그러나 내가 좋아하는 작고 소소한 힐링, 소중한 순간을 위해 희생한 이들이 있었다. 산책길에 세워진 명비를 보게 되면서 그들을 떠올렸다. 육이오참전유공자 명비. 그 문구를 본 순간 살랑이며 불던 바람의 밀도가 한없이 무거워짐을 느꼈다.

처음 본 명비 앞에서, '익숙함에 속아 소중함을 잃지 말자'는 글귀가 떠오른 것은 우연이 아니었다. 백 년 채 되지 않은, 어른들이 목숨 걸고 지켜낸 땅 위에서 나는 호화로운 평화를 누리고 있었다. 지금의 평화나 소소한 행복 같은 것들이 누군가에겐 목숨을 내던진 결과라는 생각이 들자 방파제를 향해 들이닥치는 파도처럼 가슴이 철렁거렸다.

그 탓일까, 해안선을 따라 그려진 바다를 향해 잠시

눈을 돌렸다. 그제야 나는 이곳, 부산 영도를 조금이나마 면밀히 들여다볼 수 있었다. 부산과 영도, 그리고 한국전쟁. 쉼 없는 사연을 보따리에 이고 온 맨발의 피란민들이 정착했던 곳. 친구도 가족도 아닌 국가를 위해 헐벗고 나선 수많은 이름. 그들이 새겨진 명비 앞에서, 나는 부산이 대한민국의 최후의 보루였던 그 순간을 아찔하게 상상해버린 것이다. '부산'과 '영도'라는 글자가 이렇게 슬퍼질 수도 있구나. 조심스레 명비 속 이름들 앞에서 묵념했다. 그 묵념엔 익숙한 평화에 속아 희생이란 소중함을 잊고 지낸 나 자신의 부끄럼이 있었기에 고개를 다시 들어올리기까지 시간이 제법 걸렸다.

추모를 끝내자, 이러저러한 생각들이 문지방을 요란하게 넘나들었다. 이제 영도가 많은 이에게 알려진 여행지가 되었다는 것은 기쁜 일이지만 그 이면에 전쟁의 아픔이 굳은살처럼 곳곳에 박여 있단 것이 못내 가슴을 미어지게 만든다. 대표적인 여행지 중 하나인 흰여울문화마을. 피란민들이 정착해 함께 살아야 했기에 위험한 해안선 코앞에 옹기종기 붙어 집을 지어야만 했다. 그렇기에 좁고 가파른 비탈길이 군데군데 자리하고 있다.

　누군가에겐 바다를 코앞에 둔 낭만적인 장소일지도 모르지만, 그런 곳에도 슬픈 이면이 존재하는 셈. 부산에 살고 있었으면서도 정작 영도의 역사에 대해 제대로 알아보지 못한 채 나들이를 나온 나 자신이 내심 부끄러워졌다.

　그래서일까, 여행객들이 이런 영도의 이야기를 알고 바라보았으면 좋겠다는 생각이 들었다. 내가 묵념했던 그 명비는 영도의 주요 여행지와는 거리도 멀었을뿐더러 근처에 다른 시설이 존재하지 않는 곳이었다. 자동차가 내달리는 왕복 4차선 도로 옆에 작은 동네 쉼터 크기로 마련되어 있었는데, 영도를 처음 방문하는 이들이 명비를 볼 기회는 아마 거의 없으리라 생각이 들 만큼 외딴 곳이었다. 그렇기에 주요 여행지 부근에 작게나마 기념관이라거나, 이런 이야기를 들려줄 수단이 있다면 익숙함에 속아 소중함을 잃지도, 잊지도 않을 거란 생각이 들었다. 우리가 누리는 평화나 행복이 어떻게 만들어졌는지, 그 과정에 어떤 사람들이 존재했는지를 가끔 떠올려도 좋지 않을까.

조민형

읽는 일이 행복해 매일 책을 펼치는 십팔 년 차 직장인. 두 딸에게는 든든한 아빠이자 다정한 친구가 되고자 한다. 아이들과 같은 책을 읽고 대화 나누는 시간을 가장 기다리기에, 서점에 갈 때면 늘 아이의 책을 곁들여 한 권 더 구매하곤 한다.

사랑하는 딸에게

딸. 안녕? 오랜만에 편지를 쓰는 것 같아. 아빠는 지금 부산 영도에 있는 흰여울문화마을에서 바다를 바라보고 있어. 지난번에 함께 와서 "여기는 주민들이 살고 있으니 조용히 다녀야 한다"고 말했던 곳인데 기억나? 우리는 절영해안산책로에서 걷기 시작해서 바다에서 잠깐 놀다가 흰여울문화마을까지 갔잖아? 아빠는 지금 혼자 영도에 왔어. 어른도 때로는 지치고 힘들어서 혼자만의 시간이 필요할 때가 있어. 어디로 가야 할지 고민하다가 예전에 너와 함께 왔던 이곳 영도로 왔어. 그때 경치가 너무 아름답기도 했지만, 마을이 아늑하고 따뜻했던 기억이 있거든.

그때는 왜 대부분의 집이 다닥다닥 붙어 있고 바다를 마주하며 마을이 형성되었는지를 생각하지 못했던 것 같아. 이번에 와서 알게 된 사실인데 피란민들이 이곳에 정착하면서 마을이 형성되기 시작했고 태풍만 불면 집이 망가져서 집을 튼튼하게 짓는다는 생각은 할 수도 없었다고 하더라. 네가 엄마 뱃속에 있던 2011년부터 공사를 시작해 지금과 같은 정돈된 모습으로 변화했다고 해. 그러고 보니 영도의 변화는 너의 성장과 함께하는 것 같네? 아빠 어릴 적에는 영도에서 태종대를 가장 먼저 떠올렸고 그것 말고는 아는 것이 없었거든. 이번에 여기 오면서 검색했는데 영도에 볼 만한 곳이 꽤 많더라. 지난번에 아빠와 단둘이 여행 가고 싶다고 했잖아, 영도는 어떠니? 엄마가 네게 "영도 다리 밑에서 주워왔다"는 이야기를 여러 번 했는데 우리는 그 영도다리로 섬에 들어갈 거야. 그게 진실인지 아닌지 또 왜 그런 말이 나왔는지 다리 밑에서 확인하고 싶지 않니. 거기에 단서가 될 만한 것이 있어.

다음 장소는 근처에 있는 깡깡이예술마을인데 '깡깡이'라는 마을 이름에서 소리가 들리는 것만 같구나. 여기는 조선소가 많아 배를 수리할 때 나는 '깡깡' 소리 때문에 깡깡이마을이라고 불렀다고 하더라. 여기를 구경한 후에 차를 타고 흰여울문화마을로 이동할 생각이야. 아름다운 경치를 보며 미로 찾는 기분을 즐길 수 있는 곳이지. 또 너에게 소개해주고 싶은 책방이 있고, 지난번에는 시간이 부족해서 흰여울해안터널까지 가지 못했는데 이번에는 가보자. 조금 걸어야 해서 힘들지도 모르겠지만 도착하면 무지 좋아할 것 같아.

여기까지 왔으면 우린 이미 점심을 먹고 네가 좋아하는 스무디까지 한잔 마셨을 거야. 지쳤을 테니 섬의 반대쪽으로 이동하자. 왜냐하면 야경이 아름다운 숙소를 하리항 쪽에 잡을 생각이거든. 호텔에서 아침을 먹은 후 근처에 있는 국립해양박물관에 가면 좋겠어. 책에서 볼 수 있었던 다양한 해양 생물을 만날 수 있을 테니까. 영도에서의 마지막은 아르떼뮤지엄을 방문하는 거야. 너도 글쓰고 그림 그리는 것을 즐기잖니. 예술은 우리의 삶을 충만하게 해주거든. 아마도 새로운 영감을 만날 수 있을 거야.

아빠가 세운 1박 2일 여행 일정이 마음에 들었으면 좋겠다. 이번 겨울 방학에 함께 가는 것은 어때? 네가 좋아하는 회도 실컷 먹자. 꼭 가서 아빠가 지금 느끼는 따스함을 함께 즐길 수 있다면 좋겠다.

최형연

잘하고 싶은 마음 때문에 시작하지 못했던 사람, 이젠 그냥 하는 마음에 기대어 내 안의 쓰고 싶음이 쓰게 할 것임을 믿기로 한 사람.

그리고 그 밤 이후에

멈춰 있던 내 안의 시간을 흐르게 하여 지금까지와는 다른 방향으로 나아가고 싶었다. 바람과는 달리 해오던 걸 그만둘 자신도 없었고, 나에게 주어진 다른 선택지도 없는 것 같아 꽤 오래 제자리걸음이었다. 그러던 차에 스트레스가 차곡차곡 쌓여 결국 병이 나버린 몸이 내게 구조 신호를 보냈다. 몸안에 생긴 혹이 더 커져서 주변 장기들을 압박하기 전에 떼어달라고 말이다.

결국 엎어져 쉬어갈 수밖에 없는 시간이 나를 찾아왔고, 전신 마취를 해야 하는 수술을 앞두게 되었음에도 당분간 쉴 수 있다는 것이 마침내 찾아온 기회처럼 느껴졌다. 아픈 게 속상하다기보다 한동안 보기 싫은 얼굴들과 마주치지 않고 나를 마주할 시간이 주어졌다는 사실에 기뻐했던 것 같다.

그리고 영도는 내 휴식의 시작이자 수술하기 전 심란한 마음을 가라앉히는 곳이 되어주었다. 게다가 이곳에서 시인의 글쓰기 수업까지 들을 수 있다니 이게 무슨 호사인가. 글쓰기 여행으로 명명한 영도에서 그저 내가 쓰게 되길 바랐을 뿐인데 여러 우연이 포개져 내 안에 작은 파문이 이는 일들이 일어났다.

지난 이 년여간 동네 책방에서 같이 책을 읽고 이야기를 나누며 내밀해진 이들과 글쓰기를 주제로 한 여행을 함께하게 되었다는 사실 때문이었다. 나에게 시 읽기를 추천하고 시인의 글이 얼마나 좋은지를 알려주신 책방 사장님, 같은 글을 읽어도 다른 관점에서 바라보며 새로운 생각을 하게 해준 현정님과 함께하게 된 1박 2일, 특별한 뭔가를 하지 않아도 낯선 곳에서 공통의 관심사를 중심으로 모였다는 사실이 나에겐 소중하게 느껴졌다.

안희연 시인의 글쓰기 강의를 들으며 내가 나와 타인을 연결하려는 노력에 대한 반작용으로 괴로워하고 있는 것일지도 모르겠단 생각이 들었다. 사람을 믿지 못하겠다고 수없이 의심하면서도 실상은 믿어보고 싶은 그 마음 때문에 괴로운 사람, 그게 나였다.

다정한 사람이고 싶었다. 따뜻한 삶을 살고 싶었다. 올해 다이어리 맨 앞장에 써놓은 바람인데 한 해가 채 가기도 전에 까마득하게 잊어버렸다. 그리고 무언가를 미워하는 데 너무 많은 에너지를 쓰고 있었다. 글쓰기의 과정에는 다정함, 내가 아닌 존재에 대한 무한한 연대와 공감의 정서가 수반된다고 하던데 내가 글을 쓰다가 자주 놓아버리는 이유는 여기에 있지 않나 싶다. 내 안의 다정함이 미움으로 소모되느라 글을 쓸 수 없었던 것이라는 생각이 든다.

그날 밤, 저녁을 먹고 산책을 나온 우리는 예상치도 못했던 불꽃이 영도의 밤하늘을 수놓는 것을 함께 보았다. 불꽃놀이를 직접 보는 것도 오랜만이었지만 우연히 보게 되어 더 설렜다. 별똥별이 떨어질 때 소원을 빌고 싶은 마음으로 나는 그 불꽃을 보며 소원을 빌었다. 그 순간을 함께한 모두에게 각자가 바라는 간절한 소원 하나쯤은 이루어지기를. 그리고 그 밤 이후에 내게 이전과는 다른 삶이 펼쳐지기를 간절히.

하현태

사람이 좋아 글을 쓰기 시작했고, 글을 통해 좋은 사람을 만났다. 이제는 좋은 사람이 되기 위해 글을 쓴다. 시집 『우리는 왜 일기 속에 편지를 쓰나요』 등을 썼다. 창작 동인 '시시싯'의 일원으로 활동중이다.

종종 생각나고, 총총 돌아오고 싶은

"계단이 참 많다더라." "피란촌이라잖아." "산에 들어가서 사느라 가파르다던데." 꼭두새벽부터 눈이 떠졌다. 부산에서 나고 마산과 김해에서 자랐지만, 영도는 이름만 들어본 영 생소한 도시였다.

순탄치만은 않은 시작이었다. 택시 GPS의 오류 때문인지, 하마터면 부산 영도가 아닌 동명의 다른 곳으로 향할 뻔했다. 다행히 기사님이 영도 토박이라며 내비게이션을 자처해주셨다. 가는 길에 이런저런 이야기를 들었다. "아는 형님이 원래 화가셨다." "예술을 좋아해 예술가를 모으셨고, 그렇게 시간이 지나 영도는 예술가의 도시가 되어 있었다." 기사님의 과거 이야기를 들으며 몇 개의 오르막을 지나니, 어느덧 흰여울문화마을이 코앞이었다.

영화 〈변호인〉 촬영지 옆의 '해빙모먼트' 카페에 앉아 있는 한 시간 동안 대략 여섯 대의 관광버스를 보냈다. 중국어, 영어, 불어, 한국어…… 노인, 가족, 연인, 배낭 여행객…… 갖가지 언어와 다양한 사람들로 거리가 북적거렸다. 그들의 얼굴에는 하나같이 웃음기가 서려 있었다. 그래서인지 괜히 웃음이 났다.

테라스 바깥으로 펼쳐진 파란 페인트가 칠해진 하얀 건물들과 들쑥날쑥한 계단은 꼭 그리스를 떠올리게 했다. 그 옆 해녀 좌판에는 느긋한 낚시꾼이 보였다. 수시로 오가는 배와 푸르스름한 이끼가, 그리고 높은 건물과 산이 보였다. 영 멀기만 했던 도시였는데, 단숨에 가까워진 기분이었다.

두번째 방문지인 씨씨윗북은 가는 길부터 오밀조밀했다. 대로에서 좁은 골목으로 고개를 돌리면 쭉 늘어선 계단이 보였고, 계단을 내려가니 적당한 크기의 광장과 씨씨윗북의 로고가 큼지막하게 보였다. 외국인 커플의 도움을 받으며 일층에 도착해 잠깐 숨을 고른 후, 건물 두 채 사이를 파고든 좁은 계단을 올랐다.

차가운 에어컨 바람을 받으며 통창을 바라보니, 과연 'See Sea With Book'이란 이름에 어울리는 풍경이었다.

그곳에서의 두 시간은 생각보다도 훨씬 더 행복했다. 북토크가 끝난 후 왔던 광장에서 잠깐 시간을 보냈다. 여러 사람이 오갔는데, 유독 한 골목길에서 자꾸만 걸음을 멈추는 것이 보였다. 호기심에 이끌려 걸음을 옮겼다. 그곳은 알록달록한 건물과 정돈된 전선, 그리고 사람들이 줄지어 바닷속으로 들어가는 것 같은 풍경이 함께인, 어디에서도 볼 수 없는 골목길이었다. 영도까지의 여정은 참 가파르고 조금 버거웠는데, 이런 골목이 기다리고 있다면 다음에도 너끈히 방문할 수 있을 것 같다.

시간에 맞춰 길을 거슬러 대로에서 픽업 버스를 기다렸다. 오르막과 내리막을 몇 번 반복하던 버스는 태종대 자갈밭을 지났다. 어머니는 옛날에 비해 많이 변했다며 잠깐 추억에 잠기셨다. 나에게는 낯선 태종대 자갈밭이, 어머니에게는 변화를 감각하는 장소라는 사실에 새삼 놀랐다. 십여 분을 달려 도착한 호텔은 항구와 바다가 멋들어진 곳이었다.

호텔 방의 창밖으로는 항구와 배, 도로와 섬, 그리고 바다와 하늘이 한눈에 다 보였다. 잠깐 숨을 돌린 후 저녁을 간단히 먹고 호텔의 위스키 바에 갈지, 아니면 배달 음식으로 한 끼를 먹을지 고민했다. 그러던 중 '정통관'이라는 오래된 중식당을 발견했다. 식당 내부 사진에는 유명인의 사인이 덕지덕지 붙어 있었고, 인테리어도 초등학생 때 자주 먹던 중식당의 익숙한 모습이었다. 오랜만에 맛있는 중식당을 찾은 것 같아 기뻐하며 주문했다. 짜장면을 배달시켜 먹은 건 거의 십여 년 만이었다. 고소한 탕수육과 서비스로 주신 몇 개의 군만두, 그리고 춘장 냄새가 짙은 짜장면까지. 맛과 멋이 여전한 중국집을 영도에서 찾을 수 있으리라고는 상상도 못 했기에 더욱 반가웠다.

"계단이 참 많다더라." "피란촌이라잖아, 산에 들어가서 사느라 가파르다던데." 같은 이야기들 때문에 오기 전부터 지레 겁을 먹었다. 그러나 두 눈으로 마주한 영도는 가파른 오르막과 계단의 끝에 눈부신 바다가 펼쳐져 있는 곳이자, 무료 배달의 중식당이 여태 남아 있으면서도 관광객과 예술가들로 가득한 곳이었다.

이번 '빛난다, 영도' 프로그램이 아니었다면 내게 영도는 영영 멀기만 한 도시로 기억되었을 것이다. 바다와 사람, 그리고 예술과 낭만을 몰랐을 것이다. 하지만 이제 영도는 나에게 영 멀지만은 않은, 영영 가까워지고 싶은 도시다. 종종 생각나고, 총총 돌아오고 싶은 도시다.

허루나

돈황학을 연구하며 관련 장소로 답사 다니고 공부하는 사람이다.
석사 학위를 수료한 후 뉴욕에서 오 년 동안 직장 생활을 하다가
퇴직금을 챙겨 일 년 동안 배낭여행을 떠났다. 상하이 푸단대학
에서 박사 과정으로 돈황학을 공부했으며 현재 고향에 돌아와 지
내고 있다. 여행을 떠날 때마다 두 손엔 몇 권의 책을 쥐고 다양한
장소에서 차와 술을 즐겨 마시는 자유인이다.

싫다 말고 다 받아들이자

부산 바다를 닮은 사람을 만나고 싶다는 생각을 하곤 했다. 이런 마음이 강해지던 무렵, 부산 영도[1]의 봉산마을 김정환 이사장님의 소개로 영도를 대표하는 무당 우영숙 선생과 새로운 인연을 짓게 되었다. 그녀는 아홉 살에 무병을 앓기 시작한 이래로 신과 사람을 연결하는 역할을 하는 만신(萬神)이 되었다. 현실 속에선 기도하며 수시로 접신하고 있으며, 동시에 꿈속에서조차 영도 할매와 만나 대화를 하고 있다.

무당 우영숙 선생을 만나기 전에 '영도 할매 심술담'

---

1 부산 영도에 대한 간략한 역사와 변천사를 공부할 수 있는 책을 소개한다. '영도구' 부분만 읽어도 영도에 대한 이해도를 높이기 좋다. 신규성 외 7인, 『한국의 발견 부산』, 뿌리깊은 나무, 1983, 188~203쪽.

에 관해 직접 알아보기 위해 영도를 두 번 찾았다. '북면 막걸리 초막'이라는 간판이 걸린 동네 주막에서 영도 주민들과 어울려 몇 시간 막걸리를 마시면서 다양한 대화를 나눴다. 그러다 내 본심인 '영도 할매 심술담'에 대해 주민들에게 물었다. 동네 술집에서 시작된 영도 현지인들과의 만남은 봉산마을의 김정환 이사장님에게로 건너가게 되었고, 종국엔 무당 우영숙 선생에게까지 가닿았다. 가을비가 내리던 10월 15일, 영도 봉래동 천지암에서 '의주혜지법사(義主惠地法師)'라고 자신을 소개하는 무당 우영숙을 만났다. 그녀의 큰 두 눈망울은 선이 굵은 얼굴을 보름달처럼 밝혔다. 바다를 닮은 미소를 띤 그녀는 두 팔 벌려 반갑게 나를 맞았다.[2]

부산 영도에 널리 알려진 구전신화인 '영도 할매 심술담'은 보편성을 갖춘 무속신화[3]다. 부산 영도, '바다

---

2 바다와 우리나라 샤먼(무당)과 관련된 글을 소개한다. 예로부터 우리 민속 문화에서는 바다를 '신의 우물(神井)'로 인식했다. 그 외 서양에서 바다를 어떤 식으로 나타내고 있는지 확인할 수 있는 자료다. 박용숙, 『샤먼문명』, 소동, 2015, 373~381쪽.
3 무속신화에 대해 누구나 흥미롭고도 쉽게 접근해 읽을 수 있는 서적을 추천한다. 서정오, 『우리가 정말 알아야 할 우리 신화』, 현암사, 2003.

마을'이라는 공동체의 정서가 고스란히 담긴 지역에서 신과 사람의 경계에 있으며 산 사람들을 더 잘 살도록 이끌고 있는 무당 우영숙의 삶 속으로 들어가보기로 하자.

✛

허루나(이하 허): 이곳 영도의 봉산마을 김정환 이사장님께 선생님께서 영도 최고의 무당이라 전해 들었어요. '영도 할매'와도 오랜 세월 동안 접신하면서 대화 나누신다고요. 우 선생님, 귀한 시간 내주셔서 감사드려요. '영도 할매'와 '영도 할매 심술담'에 대한 이야기 잘 부탁드립니다.

우영숙(이하 우): 저는 삶에서 최고를 지향하지 않아요. 오로지 사랑을 실천하려고 노력하는 삶을 살려고 해요. 오늘 허 선생님이 우리 천지암에 오신다고 해서 법당에서 기도했어요. 우리의 만남에 감사함이 들었답니다. 우선 과일과 차 들어요. 급할 거 없잖아요. 오늘 하루 온전히 우리 둘을 위해 쓰려고 오후에 있을 서예 수업과 한국무용 수업도 취소했어요.

허: 저는 이번 인터뷰, 넉넉잡아 두세 시간 가량 예상하고 찾아왔어요. 더 긴 시간 내주신다니 인터뷰 시작하면서 뭔가 마음이 먹먹해져요. 보이지 않는 것에 대한 감각, 말로 설명하기 힘들지만 따뜻한 마음이 들어요. 감사함도 들어요. 뭔가 신기한 느낌이에요. 우리 사이에 흐르고 있는 이 기류랄까요. 정확히 무엇인지는 모르겠지만요. 마냥 좋아요. 바다가 바로 내려다보여서일까요. 바다 위에 앉아 서로 대화 나누는 기분도 들어요.

우: 우리, 바다 위에 있는 것 맞아요! 지금 우리가 마주 앉아 있는 이곳 아래에 우물이 흘러요. 곧 용궁 위에서 바닷바람을 맞으면서 우리는 신과 인간에 대한 이야기를 나눌 예정이지요. 저는 '영도 할매'와 삼십팔 년째 신의 대화를 나누고 있습니다. 특히 이곳 봉래동에서 이십 년이 넘도록 쓰레기를 치우는 정화 활동을 했어요. 보시다시피 지대가 높잖아요. 바다가 바로 내려다보이고요. 쓰레기가 말도 못하게 많았어요. 사비를 들여 혼자 치우기 시작했죠. 올라오면서 심어둔 다양한 꽃, 보셨나요? 이제 이곳엔 쓰레기 산이 아닌 꽃

동산이 존재해요. 사방으로 꽃향기가 날리니 주민들이 좋아해요. 부산에서도 영도는 특수 지역이에요. 피란민이 많았고, 노동자도 많았고 가난했으며 낙후했죠. 이제 소멸 위기 지역 중 하나가 되었고요. 제가 살아 있는 동안에 힘닿는 데로 영도 노인 분들에게 음식을 나눠드리려 해요. 독거노인들이 서로가 서로에게 좋은 이웃이 되도록 영도 구청과 연계해서 조를 짜서 활동하고 있어요. 다양한 봉사활동을 하며 이웃과 나누는 삶을 실천하는 것을 제 삶의 가장 큰 행복으로 생각해요. 우리가 이렇게 만난 것 자체가 신비한 인연이에요. 어디서부터 이야기를 하면 좋을까요. 사실 이런 '신과 인간의 대화'를 사람들은 믿지 않을 수도 있어요. 눈에 보이지 않는 영역이니까요. '영도 할매 심술담'이 듣고 싶어서 오신 거니깐, 영도 할매 이야기를 나누도록 해요. 영도 할매는 음력 2월 '영동 할미달'에 가장 강력하게 들어오십니다. 음력 2월 1일부터 20일까지 풍신(風神)인 할매에게 바닷바람을 재워달라고 기도를 하는 바닷가 무당들이 참 많지요. 이 할매는 여신이자 여장군이에요. 영도에 이 할매가 계시지만 제주에서 넘어오시죠. 그러므로 할매는 둘이 아닌 하나예요. 두 바다 기운은 닮은 점이 참 많거든요. 이 지역에도 '영동할미

제'가 있어요. 바로 오 분 거리 봉래산에 영도 할매 모신 산당[4]이 있지요. 비가 많이 내리고 있지만 같이 올라가볼래요?

허: 비가 오니깐 봉래산 산당까지는 가깝지만 위험하지 않을까요? 걷기 괜찮을까요?

우: 우리는 이번 인터뷰 때 한번 보고 안 볼 인연이 아니어서요. 11월 초에 다시 영도에 올래요? 함께 봉래산 영도 할매 산당에 올라요. 봉래산은 어미새가 새끼를 보듬어 품는 형국이에요. 알 품는 집처럼 오므리는 지형이지요. 자식이 엄마 품을 떠나면 살 수 없듯이 영도 주민은 이곳을 떠나서는 잘 살 수 없다는 것이 '영도 할매 심술담'의 주요 내용이죠. 봉래산 할매는 풍신이기도 하지만 산신령이기도 해요. '영도 할매'는 자식을 돌보는 엄마처럼 영도에 살고 있는 주민들을 보호해주고, 그들이 밖에 나가 살면 고생할까 걱정해요. 영

---

4 2021년은 부산 민속문화의 해였기에 부산광역시와 국립민속박물관은 민속 조사보고서 『부산의 마을신앙 2』를 발간했다. 이 보고서의 영도구 당산제 부분을 참고하면 '봉래산 영도 할매 산당'과 당산제에 대해 이해할 수 있다. 부산광역시·국립민속박물관, 『부산의 마을신앙 2』, 국립민속박물관, 2021, 371~415쪽.

도 사람이 영도를 떠날 때 뒤돌아보면 삼 년 안에 망한다는 속설은 일본인의 간계로 생겨났어요. 일본인들은 '영도 지형이 일본으로 날아가는 새의 형상'이라 '영도에서 타지로 이사 가면 망한다'는 이야기를 만들어 퍼뜨렸을 뿐입니다. 실제로는 '영도 할매'는 영도를 떠난 사람에게 심술을 부리는 것이 아니라, 외지로 떠난 영도 출신 사람들이 겪을 어려움을 걱정하고 안위를 지켜주시거든요. 무엇보다 오랫동안 접신해서 영도 할매를 만나 대화를 나누니 알게 된 것들이 있어요. 현재 문무대왕릉은 경주 감포에 있지만 신라시대에 문무대왕은 이곳 영도 바다에도 직접 오셔서 나라를 구하려고 많은 노력을 하셨대요.[5]

허: 신기해요! 저는 『삼국유사』 「기이제이(奇異第二)」에서 '문무왕법민(文武王法敏)' 원문 전체를 떠올리던 중이었거든요. '문무대왕' 하면 바로 떠오르는 지역이 감

---

5 봉래산 중턱 산제당은 최영 장군과 제주 여인의 원혼이 얽힌 곳이기도 하다. 인터뷰 내용이 많이 길기에 이 부분은 중략하기로 한다. 대신 이와 관련된 읽을거리를 보충한다. 국립민속박물관에서 발간한 영도 관련 민속조사 보고서다. 이 보고서의 310쪽을 살펴보면 1931년 동아일보에 실린 영도와 최영 장군 관련 원문을 찾을 수 있다. 부산광역시·국립민속박물관, 『영도에 살다: 삶과 생활』, 국립민속박물관, 2021, 310쪽.

포인데, 영도와도 연결되어 있다니깐, 훗날 이 부분에 대한 고문헌을 찾아내서 우리 문화와 영도의 민간 신앙에 대해 여러 나라에 알리고 싶어요.

우: 저는 '사단법인 문무대왕대제보존진흥협회'에 소속되어 해마다 감포 바다에서 전국 각지에서 온 무당들과 나라 굿을 진행해요. 이 사진들 좀 보세요. 용이 되어 우리를 보호해주는 문무대왕 덕분일까요. 이날 바다 앞에서 '열두 계단 용 작두'를 타고 있을 때 하늘에 용 구름이 불현듯 나타났어요. 사진에 포착된 용 구름, 보이는 것들만 믿는 이들에게 대왕은 용무늬 구름으로라도 현현해서 보여주고 싶으셨나봐요. 문무대왕이 영도에서도 활동했다는 고문헌은 천천히 찾아내서 훗날 논문에도 실어주세요. 이번 인터뷰 글은 좀더 쉽고 흥미로운 방식으로 많은 사람이 읽을 수 있도록 정리해주세요.

허: 영도 할매의 어떤 모습을 닮고 싶으신가요? 혹 닮고 싶지 않은 부분이 있다면 그런 이야기도 듣고 싶어요. 영도 할매의 정신, 저도 듣고서 배울 부분들을 배우고 싶어요.

우: 오랜 세월, 영도 할매를 기도와 꿈에서 만나 대화 나눴을 때 살펴보니 할매 체구가 작아요. 키도 작고요. 해마다 음력 2월 19일에 천지암으로도 내려오시거든요. 영도 할매의 며느리도 만났어요. 한복 다섯 벌을 상에 두고 갔지요. 그러더니 "이 한복은 우리 시어머니 것이에요" 하더라고요. 앞에서 말했듯이 음력 2월은 영동달, 이는 바람이 일어나는 달이죠. 할매의 며느리는 비를 상징해요. 또한 영도 할매에겐 딸도 있어요. 딸은 바람을 상징해요. 바다에 불어오는 '바람과 비' 말이죠. "세상에 하나밖에 없는 우리 엄마 옷을 물려받을 거예요"라고 딸이 말했어요. 할매의 한복은 구름복(雲服)이에요. 여신답게 한복이 구름으로 만들어졌어요. 이십 년 전 음력 2월에 할매 만난 후에 현실 속에서 한복 다섯 벌을 선물받았어요. 할매가 존재한다고 알려주신 것이죠. 낙후된 피란민 동네에서 할매 말씀과 부름대로 사람들을 돕고 살아왔어요. '싫다 말고 다 받아들이자'가 할매의 정신이지 않을까요. 닮고 싶지 않은 것은 없습니다. 저는 할매와 하나가 되어 타인들을 돕는 삶이 '신의 길'을 제대로 가는 무당이라 생각해요. 아까 제가 이 집 대문 들어서면서 보여드렸던

간판 '천지성국사지신주(天地城國師地神主)' 기억나나요? 기도하면서 할매에게 받았던 글이에요. 뜻을 풀자면 만신의 주인과 중생의 주인이 되라는 것이죠. 할매가 내려준 문자 그대로의 삶을 살려고 매일 노력해요. 늘 긍정적인 생각으로 무당다운 삶의 태도와 역할을 다하려고 해요. 많은 사람을 돕는 삶 말이죠. 영도의 독거 어르신들, 장애인들과 고아들을 돕는 것 말이죠. 물론 지역주민들에게도 힘이 되려고 발 벗고 통장 역할을 하며 마을도 돌봤어요. 영도 할매의 기운을 이 우영숙이 점점 닮아가고 있어요. 매일 진심을 다해 살려고 하니 이 삶에선 감사함이 전부입니다. 조만간 봉래산 산당에 같이 가요.

허: 11월 초에 봉래산 산당에 함께 갈게요. 선생님, 마무리 말씀해주세요.

우: 우리들의 가을 산행 기대됩니다. 꼭 다시 만나요. 다음 생에 다시 태어난다 하여도 다시 이 땅에서 무당으로 태어나고 싶다 기도하곤 합니다. 이번 생보다 더 빨리 이 길에 들어서고 싶어요. 그때도 진심을 다해 사람들과 함께 나누고 살 겁니다. 그렇다면 어제

와 오늘 느끼는 이 감사함을 미래의 그 순간 속에서도 느끼면서 살아갈 테니. 참, 이번 글을 지을 때 욕심을 내려놓고 편안하게 즐기면서 써보세요. 써둔 초고를 검토하고 또 검토하는 시간을 가지면서 행복을 느끼시길 바랍니다. 영도에 가을빛이 진해졌을 때 다시 만나도록 해요. 참, 그냥 댁으로 돌아가지 말고 저와 같이 저녁식사해요!

방방곡꼭 04 부산 영도

영영 영도

ⓒ 영도 글쓰기 프로젝트 44인, 2026

초판 1쇄 인쇄 2026년 3월 19일
초판 1쇄 발행 2026년 3월 27일

지은이 영도 글쓰기 프로젝트 44인
펴낸이 김민정
책임편집 민윤지
편집 유성원 정가현 정수범
디자인 퍼머넌트 잉크
저작권 박지영 형소진 주은수 오서영 조경은
마케팅 정민호 한민아 이민경 한경화 박진희
　　　황승현 김경언 양지연
브랜딩 함유지 이송이 박민재 김하연 신은서
　　　이준희 조다현
미디어콘텐츠 함근아 김은솔 박다솔
제작 강신은 김동욱 이순호
제작처 천광인쇄사

펴낸곳 (주)난다
출판등록 2016년 8월 25일
제406-2016-000108호
주소 10881 경기도 파주시 회동길 210
저작권 및 독자문의
copyright_nanda@munhak.com
작가섭외 및 행사문의
innanda@munhak.com
인스타그램 @nandaisart
페이스북 @nandaisart
엑스 @wingedpoems
문의전화 031-955-8865(편집)
　　　031-955-2690(마케팅)
　　　031-955-8855(팩스)

ISBN 979-11-24065-43-3 03810

ㄴㄴ〉〈ㄷㄴ